L'innocente et le play-boy

PIPPA ROSCOE

L'innocente et le play-boy

Traduction française de
ANNE-LAURE PRIEUR

AZUR

HARLEQUIN

Collection : Azur

Titre original :
HIS JET-SET NIGHTS WITH THE INNOCENT

HARPERCOLLINS FRANCE
83-85, boulevard Vincent-Auriol, 75646 PARIS CEDEX 13
Service Clients — www.harlequin.fr
ISBN 978-2-2805-0639-7 — ISSN 0993-4448

Édité par HarperCollins France.
Composition et mise en pages Nord Compo.
Imprimé en juin 2024 par CPI Black Print (Barcelone)
en utilisant 100% d'électricité renouvelable.
Dépôt légal : juillet 2024.

FSC
www.fsc.org
MIXTE
Papier issu de sources responsables
FSC® C159065

Pour limiter l'empreinte environnementale de ses livres, HarperCollins France s'engage à n'utiliser que du papier fabriqué à partir de bois provenant de forêts gérées durablement et de manière responsable.

1

Contre toute attente, Evie Edwards ne détestait pas la salle de cours qui lui avait été attribuée. Dans un recoin isolé du campus. Au sous-sol du plus petit bâtiment. Au fond d'un couloir mal éclairé. Une porte ressemblant à celle d'un débarras annonçait fièrement « Salle de conférences n°4 ». La salle en question démentait son titre ronflant avec son porte-bloc A3 peu adapté à une salle de cours et ses rangées de chaises en plastique noires installées à la va-vite en demi-cercle autour de celle destinée à l'enseignant. Peut-être le problème venait-il du fait qu'Evie ne correspondait pas à l'image qu'on se faisait d'un maître de conférences en archéologie de l'université de Londres.

À vingt-cinq ans, elle était souvent prise pour une doctorante ou une assistante. Rien d'étonnant à cela. Tout au long de ses études, Evie avait toujours été à part. Elle avait obtenu son baccalauréat avant ses seize ans, puis son diplôme universitaire à tout juste dix-huit ans. L'année suivante, elle avait enchaîné avec un Master, puis un doctorat qu'elle avait soutenu à vingt et un ans. Avec un QI de plus de cent soixante, elle éblouissait ceux qui la sous-estimaient, mais décevait les attentes de ceux qui plaçaient la barre très haut. La plupart des gens appartenaient à la première catégorie. Carol et Alan, ses parents adoptifs, penchaient vers la seconde.

Peu importe ce que les gens pensent au début. C'est ce qu'ils pensent à la fin qui compte.

Les mots du professeur Marin la réconfortèrent. Le vieil homme lui manquait tellement ! Evie ravala son chagrin comme entrait sa toute nouvelle promotion. Le premier cours de l'année était l'unique chance, pour un enseignant, de faire bonne impression et de capter l'intérêt de ses étudiants. Elle parcourut des yeux leurs visages encore poupins, sensible à ce mélange d'excitation et d'appréhension du premier jour régnant dans l'air. Après avoir fait le compte, elle patienta encore quelques minutes. Certains arriveraient en retard. Elle-même avait eu du mal à localiser la salle n°4, perdue au fin fond du campus.

— Bonjour, lança-t-elle d'une voix claire et assurée une fois la porte refermée sur les derniers retardataires. Bienvenue en licence d'archéologie.

Les étudiants écarquillèrent les yeux en comprenant qui était leur nouveau professeur.

— L'archéologie est l'étude du passé. Mais les vestiges matériels laissés par l'histoire nous apprennent aussi ce que c'est d'être humain. En première année, le programme couvrira...

Les mots venaient naturellement à Evie. Son discours était fluide et familier. Ce programme, elle le connaissait jusqu'au bout des ongles. C'était son domaine, et elle se sentait à l'aise ici, dans cette routine bien rodée, malgré une certaine déception qui lui laissait un goût d'inachevé.

Alors que son cours touchait à sa fin, la porte de la salle s'ouvrit et se referma. Evie ignora l'intrusion. Sûrement le doyen venu l'informer que sa proposition de conférence avait été rejetée. Une fois de plus. Elle avait passé l'été entier dessus et connaissait ses mérites. Son papier était excellent. Mais le doyen craignait d'être éclaboussé par la réputation qu'elle avait acquise ces quatre dernières années. Dans le milieu universitaire, une femme, jeune de surcroît, partait avec un désavantage. Son choix de collaborer aux recherches du professeur Marin avait sérieusement entamé sa crédibilité. Mais Evie était loyale et obstinée. Elle ne reviendrait sur son travail avec le professeur pour rien au monde.

Alors que les étudiants quittaient la salle, elle rassembla ses documents de cours, résignée à subir les justifications obséquieuses de son supérieur. Mais lorsqu'elle pivota sur ses talons, ses papiers faillirent lui tomber des mains. Ce n'était pas le doyen qui lui faisait face avec son visage rubicond et moite de sueur, mais une belle femme blonde au port altier.

— Votre Majesté, balbutia-t-elle en se fendant d'une révérence maladroite.

Lorsqu'elle se redressa, elle remarqua plusieurs gardes du corps discrètement déployés dans la salle.

— Professeure Edwards. Quel plaisir de faire enfin votre connaissance, dit la souveraine avec un sourire d'une blancheur éclatante.

Evie lui assura que le plaisir était partagé, comme si cette rencontre avait été planifiée. Ce n'était pas le cas. La visite de la reine de Iondorra, petit royaume d'Europe, était un véritable choc ! Cléopâtre surgie des pages d'un livre d'histoire ne l'aurait pas davantage sidérée.

La reine Sofia désigna la première rangée de chaises et attendit qu'Evie s'assoie avant d'en faire autant.

— C'est donc ici qu'enseigne une éminente professeure spécialiste de l'histoire de Iondorra ? lui demanda-t-elle avec un regard désappointé à la ronde.

Inquiète à l'idée que la souveraine voie dans cette punition à son encontre un affront à son pays, Evie prétexta que c'était elle qui aimait enseigner dans cette salle. La reine écarta le sujet d'un geste de sa main gantée.

— J'ai été navrée d'apprendre le décès du professeur Marin,

dit-elle avec sollicitude. Ses théories n'ont jamais bénéficié d'une reconnaissance publique. Mais ma famille y portait un grand intérêt.

Evie baissa les yeux, gênée par ces condoléances qu'elle ne se sentait pas en droit de recevoir. Le professeur avait été comme un père pour elle. Il la comprenait, mieux que Carol et Alan n'avaient jamais su le faire. Mais elle n'était pas un membre de la famille. Contrairement à son fils, arrivé en retard aux funérailles et resté en retrait tandis que le professeur Marin était conduit à sa dernière demeure. Quoi d'étonnant de la part de quelqu'un qui n'avait plus adressé la parole à son père depuis trois ans ? Une bouffée de ressentiment l'envahit. Elle la chassa pour se concentrer sur la souveraine.

— Professeure Edwards, j'aimerais vous parler d'un sujet délicat, continua la reine. Un sujet qui, j'en ai peur, exige la plus grande discrétion. C'est pourquoi, avant d'aller plus loin, je dois vous faire signer un accord de confidentialité.

Elle agita la main et un homme se matérialisa à son côté avec une liasse de papiers.

— Pour ma part, je déteste ce genre de chose. Je comprendrais si...

— Inutile de vous justifier, assura Evie. J'accepte de signer.

Du coin de l'œil, elle vit l'assistant tiquer. Peut-être était-il contraire au protocole d'interrompre la souveraine ? Elle se pencha et parapha le document légal. Elle ignorait de quoi il retournait, mais une certaine tristesse émanait de la reine Sofia, connue comme la princesse veuve avant qu'elle ne trouve le véritable amour auprès d'un milliardaire grec. Theo Tersi était devenu son prince consort lorsque le roi Frederick avait abdiqué en faveur de Sofia.

L'assistant apposa à son tour sa signature dans la case réservée au témoin, puis lui tendit ce qui ressemblait à une thèse reliée. Evie fronça les sourcils devant la couverture vierge. Elle ne put s'empêcher d'effleurer du doigt l'insigne royal en relief sur l'épais papier cartouche rouge.

— Je crains d'être pressée par le temps, aussi irai-je droit au but, reprit la reine. Dans trois jours, un objet sera vendu aux enchères à Shanghai. Un objet dont le vendeur prétend qu'il aurait appartenu à Loriella Desaparecer.

Evie ouvrit de grands yeux.

— Loriella ?

Avec Gráinne Mhaol, Mary Read et Anne Bonny, Loriella Desaparecer était l'une des plus célèbres femmes pirates du XVIIIe siècle.

— Oui. Mon père, il...

La souveraine se tut, en proie à une soudaine émotion. Evie attendit avec tact qu'elle se reprenne.

— Personne n'est encore au courant, mais mon père souffre de démence précoce depuis un certain temps, poursuivit la reine Sofia. Nous nous en sortions plutôt bien jusque-là. Il allait mieux à la naissance de ma fille, il y a cinq ans. Mais... Pour une raison étrange, cet objet proposé aux enchères est devenu une obsession. Il insiste pour que nous l'obtenions.

— Pourquoi s'y intéresse-t-il autant ? demanda Evie.

— Mon père est convaincu qu'il s'agit de l'octant offert à la princesse Isabelle par la Couronne d'Angleterre avant son départ pour l'Indonésie.

Cette information aiguisa l'intérêt d'Evie. Un octant ? L'instrument de navigation avait été mis au point au XVIIIe siècle, peu avant la traversée d'Isabelle. Pendant des années, le professeur Marin avait soutenu la théorie selon laquelle la princesse de Iondorra n'était pas, contrairement à ce qui était admis, décédée en mer durant le voyage l'emmenant rejoindre son fiancé néerlandais en Indonésie, mais qu'elle était devenue l'une des femmes pirates les plus redoutées de cette époque tourmentée. Evie l'avait assisté dans ses recherches. Ensemble, ils avaient parcouru le monde en quête d'indices à même de reconstituer l'histoire de la princesse pirate.

Ce faisant, ils étaient devenus la risée du monde universitaire. Pour ne rien arranger, le royaume de Iondorra avait désavoué leur théorie. Difficile de les en blâmer. Le postulat était fantasque, plus digne d'un scénario de film que de la réalité. Mais Evie avait eu foi en les recherches du professeur. Ils n'avaient simplement pas trouvé de preuve concrète. Si, aujourd'hui, la reine Sofia en personne prenait autant au sérieux la vente de l'octant, alors peut-être...

— Pour des raisons évidentes, nous ne pouvons l'acquérir nous-mêmes, continua la souveraine. Nous aimerions que vous assistiez à la vente à Shanghai, évaluiez l'objet et, s'il vous paraît authentique, remportiez son enchère. Le doyen est prévenu que nous requérons vos services et vous accorde un congé. Naturellement, toutes vos dépenses seront couvertes.

Le cerveau d'Evie tournait à cent à l'heure. La requête de la reine équivalait à un ordre. Il serait malvenu de refuser. Mais accepter ne serait pas sans conséquences. Reprendre les recherches qui avaient terni sa réputation et celle du professeur Marin pourrait bien signer le glas de sa carrière.

— Je dois cependant vous avertir. Même si vous établissez un lien entre Isabelle et Loriella, Iondorra ne pourra le reconnaître. Nous devrons bientôt informer le public de l'état de mon père. Cette histoire de princesse pirate serait...

— Problématique pour vous, termina Evie. Je comprends.

Mieux que personne, étant donné le discrédit que cette théorie avait déjà jeté sur elle. Evie balaya la pièce des yeux. Depuis la mort du professeur, deux ans plus tôt, sa vie professionnelle se résumait aux quatre murs d'une salle de cours. Plus de recherches. Plus d'investigations sur le terrain. Personne ne voulait prendre le risque de financer les travaux d'une jeune femme « sans expérience » avec « la tête dans les nuages ».

Sortir de ce train-train était une proposition attrayante. Mais la reine représentait la Couronne de Iondorra, qui avait invalidé les théories du professeur et lui avait bloqué l'accès à certaines sources susceptibles d'étayer ses recherches.

Pourtant, plus que l'autorité royale, c'était une femme en détresse qu'Evie voyait en Sofia, bouleversée de perdre son père à petit feu et désireuse de l'apaiser en lui apportant des réponses.

— Votre père... Il a besoin de savoir, n'est-ce pas ?

— C'est une véritable fixation, confia la souveraine, les larmes aux yeux.

— « Le monde doit connaître son histoire. Mais, parfois, il suffit qu'une seule personne sache la vérité », cita Evie.

— Professeur Marin ?

Evie hocha la tête, en se demandant qui, d'elle ou de Sofia, serait la plus affectée par cette fameuse vérité.

— Ce sera un plaisir d'aller à Shanghai, répondit-elle.

Le soulagement sur les traits de la reine conforta Evie dans son impression. C'était la bonne décision. Et si l'octant se révélait être celui de Loriella, mais aussi d'Isabelle, alors peut-être réussirait-elle à prouver que le professeur avait raison depuis le début. Pas tout de suite, comme l'avait prévenue la souveraine. Mais plus tard, dans un avenir pas si lointain. Elle devrait s'en contenter.

— Avant d'aller à Shanghai, j'aimerais faire un détour par l'Espagne, reprit-elle.

— L'Espagne ?

— Il y a quelque chose là-bas qui m'aidera à authentifier l'octant.

Ce quelque chose, c'était le carnet de notes du professeur Marin. Et à l'image du carnet se superposa dans son esprit la silhouette ténébreuse d'un homme s'éloignant sans un mot de la tombe de son père.

— Joyeux anniversaire !

Matéo Marin éloigna le téléphone de son oreille en jurant dans sa barbe. Il posa l'appareil sur son bureau et mit le haut-parleur, immédiatement assailli par le bavardage surexcité de sa mère. Un œil sur la présentation de sa première réunion de l'après-midi, il avala d'une traite son café, qu'il faillit recracher. Tiède, évidemment. Il roula des yeux en entendant sa mère lui demander s'il avait des projets pour la soirée.

— Je bois un verre avec Henri tout à l'heure, répondit-il.

— C'est tout ? Matéo ! Ce n'est pas en sirotant des whiskys avec ce garçon que tu vas rencontrer quelqu'un !

Elle voulait dire une femme. Des femmes, Matéo en rencontrait sans problème. Mais pour quelques soirées agréables, rien de plus. Après quoi, elles commençaient à se faire des idées.

— Henri n'est plus un « garçon », tu sais.

— Vous le serez toujours pour moi, décréta sa mère. Mais assez. Il serait temps de te marier, Matéo. Quand vas-tu me rendre heureuse ?

Sa main se figea en l'air alors qu'il allait jeter son gobelet vide dans la poubelle.

— Je ne te rends pas heureuse tel que je suis ? ironisa-t-il pour masquer son amertume.

— Bien sûr que si, *mi hijo* !

Mais Matéo n'écoutait plus que d'une oreille. Il revoyait sa mère, en pleurs dans un coin de la cuisine, peu après leur retour en Espagne. Il avait dix ans et s'était senti tellement impuissant ! Depuis ce jour, il faisait son possible pour rendre sa mère heureuse. Mais se marier ? Non. Cela, jamais.

— Matéo ? Tu viens toujours dîner vendredi, n'est-ce pas ?

— Bien sûr, *mamá*.

Il jeta le gobelet et des gouttelettes de café éclaboussèrent les papiers dans la poubelle.

— Écoute, j'ai une réunion, là. Je dois y aller.

— Tu es au travail ? Le jour de ton anniversaire ?

— Nous sommes en semaine. Où veux-tu que je sois d'autre ?

— En train de déjeuner avec la future mère de mes petits-enfants…

— Au revoir, *mamá*.

Il raccrocha avant que la conversation ne dérape.

Son emploi du temps s'affichait sur son écran d'ordinateur. Les réunions s'enchaînaient tout l'après-midi, pour sa plus grande satisfaction. Chaque année, il veillait à ne pas avoir une minute de libre ce jour-là. Après tout, c'était une date comme les autres, non ?

Son portable sonna de nouveau. Il décrocha sans regarder qui l'appelait.

— *Mamá*, si tu y tiens tant que ça, j'épingle la première venue et lui fais autant de bébés que tu veux…

— J'éviterais, si j'étais toi, lui conseilla une voix masculine à l'accent français prononcé.

— *Cristo*, Henri !

— Déçu ?

— Je n'avais pas vu que c'était toi.

— Ça t'apprendra, mon ami. J'appelais pour vérifier que tu étais toujours partant pour ce soir. À quelle heure penses-tu rentrer ?

— Maintenant, on dirait vraiment ma mère, grommela Matéo.

— Et toi, un gamin en plein caprice, rétorqua Henri. Tu es toujours d'une humeur de chien, le jour de ton anniversaire.

Peut-être parce que cette journée a toujours été oubliée par mon père et a rendu ma mère malheureuse ?

Matéo consulta sa montre.

— Tu sais pourquoi, alors arrête de te plaindre. Je rentre vers 19 heures. Toi, moi, une bouteille de whisky et un jeu de cartes. *Perfecto.*

Il raccrocha. Il avait cinq minutes de calme avant de...

Un coup à sa porte contredit cet espoir. Le remplaçant de son assistante, irréprochable lorsqu'elle n'était pas clouée au lit avec la grippe, entra avant même d'y avoir été invité, l'air complètement dépassé. Matéo tendait à surcharger cette journée, car le travail le distrayait. Mais peut-être avait-il exagéré, cette année.

— Oui ?

— Il y a une femme qui souhaite vous voir. Elle est là depuis un moment, l'informa l'intérimaire en se tordant nerveusement les mains.

— Qui est-ce ? Depuis combien de temps attend-elle ?

— Son nom est Edwards. Elle patiente depuis une heure.

— Une heure ?

Matéo avait été prêt à donner sa chance au jeune homme. Mais à l'évidence, il n'avait pas les épaules.

— Tout mon après-midi est pris. Ne peut-elle pas reprogrammer ?

— Non. Elle dit qu'elle part pour Shanghai demain.

Matéo soupira.

— Dites-lui que j'essaierai de la voir entre deux réunions, mais que je ne promets rien.

En général, il se ménageait une marge de manœuvre pour ce genre d'imprévu. Mais pas aujourd'hui.

— A-t-elle dit ce qui l'amenait ?

L'intérimaire secoua la tête.

— Non. Seulement que c'était personnel.

Matéo fronça les sourcils. Il ne laissait jamais le personnel empiéter sur le professionnel. De quoi pouvait-il s'agir ? Edwards... Le nom lui était vaguement familier, sans qu'il parvienne à mettre le doigt dessus.

Il congédia son assistant, puis sortit à son tour, le dossier

Lexicon sous le bras. Par l'autre porte de son bureau afin d'accéder plus rapidement à la salle de réunion.

Evie croisa les jambes et ajusta pour la centième fois le chemisier blanc censé lui donner une allure assez professionnelle pour approcher M. Marin au siège de sa société. Après quatre heures et demie d'attente, elle commençait à douter de son plan. Le bureau de l'assistant n'était pas visible de là où elle était assise. Mais elle l'entendait taper sur son clavier, répondre au téléphone et soupirer. Souvent.

Elle était venue directement de l'aéroport après son vol depuis Londres. L'imposant immeuble portant le nom de Matéo Marin était un bijou d'architecture industrielle, mais si éloigné de l'univers qu'elle partageait avec le père de ce dernier qu'elle se sentait déstabilisée. Elle aurait vraiment préféré qu'il réponde à ses nombreux mails et appels de ces dernières vingt-quatre heures afin de ne pas avoir à se déplacer en personne.

Elle grimaça devant la photo de Matéo en couverture d'un magazine, l'air suffisant, les bras croisés sur un torse qui avait dû être retouché sur Photoshop pour paraître aussi athlétique. Sur la page de l'article, il était de nouveau là, toisant le lecteur avec une sorte d'indifférence dédaigneuse. Son regard franc avait provoqué un étrange fourmillement dans son ventre. Du mépris, sans doute. Le professeur Marin souffrait de l'absence de son fils dans sa vie. Le refus de Matéo de renouer le contact l'avait profondément blessé, même s'il ne lui avait pas reproché son choix.

Mais c'était en parcourant l'article pour la seconde fois qu'elle avait eu un choc. Une photo légendée « La bibliothèque » montrait plusieurs objets sur une des étagères en chêne, semblant avoir été placés là distraitement. Une loupe. Une montre. Une boussole. Un coffret en bois. Des objets choisis pour être préservés, mais faciles d'accès, qui soulevaient chez elle une foule de questions sur leur signification, à l'instar d'un bracelet en cuivre exhumé d'une sépulture antique ou des jarres en terre cuite découvertes dans un village perdu. Autant d'indices légués aux générations futures. Tout comme l'objet à l'extrémité d'un des rayons...

Le carnet du professeur Marin.

Son cœur s'était emballé. C'était tout juste si elle n'avait pas tendu la main pour le toucher à travers la page en papier glacé du magazine. Elle entendit le secrétaire soupirer et consulta sa montre. 18 heures ! Déjà ? Evie se décida à aller interroger le jeune homme dans son bureau. Ce dernier ouvrit des yeux paniqués en la voyant.

— Vous êtes toujours là ? s'exclama-t-il.

— Bien sûr. J'ai dit que j'attendrais.

Pourquoi supposer qu'elle ait changé d'avis ?

— Mais M. Marin est parti...

— Parti ? Comment ça, parti ? répéta-t-elle, scandalisée.

Sa voix monta d'une octave.

— Je dois absolument le voir ! C'est une question de la plus haute importance !

— Je... je...

Evie ne put s'empêcher d'avoir pitié du jeune homme, visiblement terrorisé par son patron. Elle était furieuse de la désinvolture avec laquelle le fils du professeur l'avait ignorée. Mais le temps pressait. Elle n'avait qu'une nuit pour récupérer le carnet et pas une minute à perdre. *Réfléchis, Evie !* Aucune chance pour que l'assistant lui communique l'adresse personnelle de Matéo Marin, n'est-ce pas ?

— Pourriez-vous...

Elle pressa une main sur son front, feignant un brusque malaise.

— Désolée. Je m'en veux de vous ennuyer, dit-elle en prenant un air embarrassé. Mais pourriez-vous me faire une tasse de thé, s'il vous plaît ? Je m'en vais après, promis.

— Bien sûr ! C'est moi qui suis désolé, mademoiselle Edwards.

L'assistant bondit de son fauteuil et sortit en manquant trébucher dans sa hâte. Après un coup d'œil dans le couloir pour s'assurer que le champ était libre, Evie commença à fouiller parmi les papiers sur le bureau. Ce n'était pas son genre d'agir ainsi, mais la fin justifiait les moyens. Elle allait ouvrir un tiroir quand un post-it vert sur un contrat avec une société du nom de Lexicon accrocha son regard.

À envoyer à M. M., Villa Rubia, Sant Vicenç de Montalt

Bingo.

Elle s'empara du post-it et fila récupérer son sac sur le sofa où elle avait perdu un après-midi entier, puis appela l'ascenseur, en priant pour qu'il arrive avant le retour de l'assistant.

Lorsque les portes se refermèrent sur elle, elle poussa un soupir de soulagement, qui se mua en petit rire triomphal. Mission accomplie avec succès ! L'adrénaline pulsait dans ses veines. De quoi devenir accro. Elle se sermonna aussitôt. Le plus difficile restait à faire : convaincre Matéo Marin de lui donner le carnet. Mais elle réussirait.

Il le fallait.

2

Matéo jeta un coup d'œil impatient au tableau de bord de sa voiture de sport. S'il n'était pas homme à exhiber sa fortune, il aimait le luxe lorsqu'il s'agissait de se déplacer. Ses doigts se crispèrent sur le volant. Il avait vingt minutes de retard. Henri avait les clés. Il aurait sûrement déjà fait comme chez lui. Mais Matéo détestait faire attendre les gens.

C'était justement cela qui l'avait mis en retard. Alors qu'il traversait le parking souterrain de sa société, il s'était brusquement souvenu de la femme qui patientait à l'extérieur de son bureau. Le temps qu'il remonte au seizième étage, son assistant était parti et la mystérieuse visiteuse aussi.

Edwards. Ce nom lui disait quelque chose...

La question passa à la trappe à la vue de la vingtaine de voitures en file indienne dans son allée, attendant de déposer leurs passagers devant sa porte. Des passagers sur leur trente et un, invités à une fête dont il était apparemment censé être l'hôte...

Henri.

Matéo allait l'étrangler ! C'était lui qui allait lui faire sa fête, et publiquement !

Il gara sa voiture dans le garage – vide, Dieu merci – et entra dans la maison en appelant Henri sur son portable. En chemin, il croisa plusieurs serveurs habillés en noir et blanc, des plateaux de petits fours ou de coupes de champagne à la main. Les talents d'organisateur de son ami l'impressionnaient. C'était même alarmant avec quelle facilité il avait orchestré cette somptueuse soirée chez lui dans son dos.

— Explique-toi, aboya-t-il à la seconde où Henri décrocha, tout en saluant de la tête les personnes qu'il croisait.

Quelqu'un l'arrêta pour lui serrer la main. Matéo était à deux doigts d'exploser. Lui qui comptait sur une soirée tranquille...

— Ma résolution du nouvel an était de faire exactement l'inverse de ce que tu me demandais, répondit Henri sans l'ombre d'un scrupule.

— Le nouvel an ? C'était il y a des mois !

— Imagine ma déception que tu n'aies rien remarqué. Alors ce soir, je me suis surpassé.

Matéo passa la tête par la porte du salon. Henri, en smoking au milieu d'autres gens habillés comme s'ils étaient au Ritz, le gratifia d'un grand sourire, son portable à l'oreille.

— Je n'avais pas besoin de ça, pesta Matéo.

— Écoute, je sais que tu détestes célébrer ton anniversaire. Mais je m'ennuyais et j'avais envie de faire la fête, décréta son ami. Va te changer. Tu as l'air de quelqu'un qui travaille pour gagner sa vie.

— Oui, mon cœur, répondit-il, sarcastique.

Il tourna les talons et se dirigea vers l'escalier menant à l'étage, en évitant de justesse une serveuse et son plateau de coupes vides.

— Fais-toi beau ! lui lança Henri juste avant que Matéo ne raccroche.

Il poussa un soupir. La journée avait été longue et riche en événements. Il fallait espérer qu'elle ne lui réserve plus d'autres surprises.

Evie regarda les feux arrière du taxi disparaître dans la nuit, avant de lever les yeux sur sa destination. Des hommes en smokings et des femmes en robes de soirée, parées de diamants, la dépassaient sans lui accorder un regard. Tous se dirigeaient vers la somptueuse propriété illuminée de mille feux.

Evie savait ce que c'était de vivre dans l'aisance. Carol et Alan n'avaient pas hésité à engager une armée de tuteurs privés lorsqu'ils avaient pris conscience de son potentiel. Du reste, quiconque possédait une villa à Mayfair ne pouvait qu'être riche. Mais cet endroit... Il tranchait radicalement avec ce qu'elle connaissait du professeur Marin. Et reflétait à la perfection l'arrogance de son fils.

L'article qu'elle avait lu plus tôt revenait sur divers aspects de la vie du milliardaire célibataire. Les associations qu'il avait créées. Les œuvres caritatives qu'il soutenait. La société d'investissement qu'il avait fondée grâce aux relations de la famille de sa mère. Matéo ne se cachait pas d'avoir été pistonné à ses débuts, ce que le journaliste présentait sous un jour positif plutôt que négatif. Il louait également la générosité de Matéo, qui rendait au centuple ce qu'il avait reçu, tant à sa famille maternelle qu'aux autres jeunes entrepreneurs. Pragmatique et ambitieux, il n'en consacrait pas moins ses ressources aux énergies vertes et aux nouvelles technologies émergentes. De l'avis d'Evie, le journaliste s'était totalement entiché de Matéo Marin, ou avait subi un lavage de cerveau en règle par ses attachés de presse, car rien de ce qu'elle avait vu ou entendu à son sujet ne corroborait les dires de cet article.

Elle qui avait espéré lui parler en privé du carnet de son père... Même le supplier à genoux s'il le fallait. Mais à l'évidence, elle n'aurait pas pu tomber plus mal. C'était bien sa chance. Elle allait faire demi-tour quand un homme l'interpella en espagnol.

— Qu'est-ce que tu attends ? Ne reste pas plantée là. Tu es très en retard, alors ne lambine pas !

Evie ouvrit la bouche pour tenter de lui expliquer en espagnol qu'il faisait erreur, avant de se raviser. L'homme portait une chemise blanche et un pantalon noir. Exactement comme elle. N'était-ce pas une occasion en or de vérifier si le carnet était toujours là ? Après tout, Matéo l'avait fait mariner tout l'après-midi pour rien, et ce après avoir ignoré toutes ses tentatives préalables pour le contacter. Un homme refusant de se réconcilier avec son père à la fin de sa vie méritait-il de posséder son carnet ? Le cœur d'Evie se serra à la pensée du professeur qui, bien que meurtri, n'avait jamais eu un seul reproche à l'égard de son fils.

— *Pues ?*

L'employé la fixait avec impatience. Et si c'était une perche que lui tendait le destin ?

— *Sí, señor*, répondit-elle avant de le suivre vers l'arrière de la villa.

Désolée, professeur. C'est le seul moyen de parvenir à nos fins.

L'homme devait être le manager au vu de son autorité sur les autres employés. Devançant ses ordres, Evie s'empara d'un plateau et quitta la cuisine. Collecter les verres vides lui donnerait une plus grande liberté de mouvement.

Dans le couloir, elle croisa Matéo Marin, son portable à l'oreille. Le pouls d'Evie s'accéléra. La photo de l'article n'avait pas été retouchée. Ses épaules frôlaient presque les deux murs ! Il était encore plus imposant en chair et en os. Musclé mais svelte, avec des traits séduisants, même renfrognés. Evie faillit trébucher, distraite par le noir profond de ses yeux, les pommettes saillantes, la mâchoire volontaire héritée de son père. Mais là où le professeur arborait une barbe hirsute, son fils, lui, était rasé de près, peut-être pour se démarquer de son géniteur. Seuls ses cheveux rebelles tranchaient avec son apparence impeccable, ainsi que le col déboutonné, comme s'il venait tout juste d'ôter sa cravate en rentrant du bureau.

Evie sentit son visage s'enflammer. Elle pressa une paume sur ses joues. Cela avait ses avantages d'avoir toujours les mains froides.

— Je n'avais pas besoin de ça, l'entendit-elle grogner au téléphone.

Son timbre grave fit courir un frisson le long de son échine. Elle ralentit le pas afin d'éviter la collision, Matéo ne semblant pas l'avoir remarquée.

— Oui, mon cœur.

Il raccrocha et rangea son portable dans sa poche. Evie s'aplatit contre le mur comme il la dépassait sans même un regard. Non, mais lui, alors ! C'était un miracle qu'elle n'ait pas lâché son plateau. Elle retrouva tant bien que mal l'équilibre tandis qu'il disparaissait dans le grand escalier. La moutarde lui monta au nez. Une fois de plus, Matéo Marin la traitait comme si elle n'existait pas. Elle plaignait la femme avec qui il parlait au téléphone. Comment supportait-elle un type pareil ? Et le magazine qui le disait célibataire. Et le qualifiait d'homme charmant... *Tu parles.* Plus odieux que lui, cela ne devait pas exister.

Matéo dégrafa ses boutons de manchettes et enleva sa chemise qu'il jeta négligemment sur le lit. Sa villa fourmillait d'étrangers, invités et serveurs. Il se massa la tempe, sentant poindre un début de mal de crâne. La bouteille de whisky entamée sur la cheminée lui faisait de l'œil. Sa chambre était son dernier refuge. Il avait acheté cette propriété pour sa mère, qui n'y avait jamais habité, lui préférant le petit appartement au centre-ville d'Almería. Plutôt que de la vendre, Matéo s'y était lui-même installé, essentiellement pour cette pièce. Son sanctuaire.

Il avait fait promettre au photographe de réaliser seul le shooting, sans un bataillon de journalistes comme lors de la dernière interview faite sur l'insistance de son directeur financier. Sans cela, il n'aurait jamais consenti à le recevoir dans sa suite privée. Par chance, la pièce était assez spacieuse pour que son lit soit hors champs.

Il s'approcha de la cheminée et se servit un whisky. Qu'est-ce qui l'empêchait de se terrer ici pour le reste de la soirée ? Pas quoi... Qui. Henri. Son ami l'obligerait à sortir de sa tanière, quitte à le tirer par l'oreille.

Il but une gorgée du liquide ambré, savourant la brûlure de l'alcool sur sa langue tandis que ses yeux erraient sur les étagères de livres cachant un mur entier de la pièce. Sa bibliothèque personnelle. Elle contenait de nombreux ouvrages sérieux, parmi lesquels ses manuels universitaires et une collection de livres d'histoire qui ne manquerait pas d'étonner son entourage, mais aussi les romans d'aventures qu'il avait adorés enfant et dont il n'avait pas eu le cœur de se séparer. Plusieurs objets ornaient également les rayonnages. La boussole que lui avait donnée son oncle pour ses quatre ans. Une loupe, cadeau de son grand-père à son retour en Espagne. Le coffret en bois contenant les boutons de manchettes offerts par sa mère le jour de son seizième anniversaire. La montre qu'il s'était achetée avec son tout premier salaire. Aucun détail n'avait échappé à l'œil de lynx du photographe. Sauf peut-être le vieux carnet en cuir au fond d'un rayon, auquel Matéo préférait ne pas penser.

Avec un soupir, il finit son whisky et posa son verre. Peut-être cette fête n'était-elle pas une si mauvaise idée, tout compte fait. Passant à la salle de bains, il ouvrit le robinet du lavabo. Pas le temps pour une douche. Qui sait ce qu'avait mijoté Henri ? Mieux valait redescendre avant qu'il ne sème davantage la zizanie. Alors qu'il s'aspergeait le visage, dans sa hâte, de l'eau lui gicla dans les yeux.

Maldita sea ! Ce n'était vraiment pas son jour.

Il battit des cils. Avec un peu de chance, il n'aurait pas besoin de changer ses lentilles de contact. Son portable bipa dans sa poche. Il le sortit et déchiffra le message d'Henri entre deux clignements d'yeux.

J'ai laissé ton cadeau dans ta chambre. Fais-toi plaisir. Mais ne reste pas là-haut toute la nuit. C'est ta fête, mon vieux.

Matéo craignait le pire. Henri était d'humeur facétieuse, ce soir. Qu'allait-il trouver dans sa chambre ? Un paon ? Un Picasso ? Non, rien d'aussi tape-à-l'œil. Il l'aurait vu avant d'entrer dans la salle de bains. Avec méfiance, il retourna dans la pièce d'à côté. Ses yeux le piquaient, si bien qu'il ne la vit pas tout de suite...

La jeune femme devant la bibliothèque.

C'était officiel. Il allait tuer Henri à mains nues !

Evie avait inspecté toutes les pièces du rez-de-chaussée. Pas l'ombre d'une bibliothèque en vue. La mort dans l'âme, elle se résigna à suivre Matéo à l'étage. Une zone « strictement interdite », l'avait-on avertie. Affectant une assurance qu'elle était loin de ressentir, elle s'engagea dans l'escalier. Le brouhaha de musique et de conversations s'estompa à mesure qu'elle montait. Son cœur cognait à tout rompre. Au premier étage, elle posa son plateau, puis inspira et expira lentement en se massant le sternum, comme la psychologue le lui avait appris.

Voilà bien une chose dont elle était reconnaissante à Carol et Alan. S'ils n'avaient jamais été très démonstratifs dans leur affection, ils avaient fait de leur mieux pour satisfaire ses autres besoins, en engageant des tuteurs pour stimuler son intellect et des nourrices pour lui tenir compagnie. Conscients qu'être adopté à la naissance puisse être source de traumatismes, ils l'avaient également fait suivre par une psychologue. Evie se demandait parfois pourquoi ils l'avaient adoptée. Tout ce qui semblait les intéresser était d'avoir un héritier digne d'eux. Malgré son haut QI, elle doutait d'avoir jamais été à la hauteur de leurs attentes.

Chassant cette pensée, elle analysa la situation. Son avion pour Shanghai décollait dans la matinée. Matéo n'écouterait jamais ses raisons de vouloir le carnet. Ou refuserait tout net de le lui donner. Plutôt que de prendre ce risque, pourquoi ne pas se servir elle-même ? Recourir au vol la dérangeait. Mais Matéo avait choisi de couper les ponts avec son père. Il y avait peu de chances qu'il remarque la disparition du carnet.

Huit portes donnaient sur le couloir face à elle. Quatre à gauche, quatre à droite. Elle commença par la droite et colla son oreille contre la première porte. Matéo était entré dans une de ces pièces. Sûrement pas celle qu'elle cherchait. Qu'irait-il faire dans la bibliothèque au beau milieu d'une fête ? Elle posa la main sur la poignée, le cœur battant…

Des rires dans son dos la firent sursauter. Un homme et une femme, a priori bien alcoolisés. Prise de court, Evie s'engouffra dans la pièce et ferma derrière elle, en priant qu'il n'y ait personne à l'intérieur. Elle retint son souffle. Le couple venait de s'arrêter juste de l'autre côté de la porte… Elle allait être prise la main dans le sac ! Paniquée, elle bloqua la poignée de toutes ses forces, juste au moment où on essayait de la tourner depuis le couloir.

— Ça a l'air fermé à clé.

— On n'est pas censés être ici, je te rappelle.

— Oh ! allez ! Marin a plein de chambres qui ne servent à rien. On n'a pas beaucoup de temps…

Suivirent le choc sourd d'un corps plaqué contre la porte et un gémissement si explicite que le sang afflua aux joues d'Evie.

— Essayons-en une autre.

Dieu merci, le couple s'éloigna, et leurs rires étouffés s'évanouirent.

Evie soupira de soulagement. Elle se retourna afin d'examiner où elle se trouvait. Là, sous ses yeux, s'étalaient des rayonnages entiers de livres, méticuleusement rangés. Une boussole était posée d'un côté. Un coffret en bois de l'autre. L'adrénaline fusa dans ses veines.

Elle l'avait trouvée !

Ce n'est qu'alors qu'elle remarqua le large lit. Elle fronça les sourcils. Que faisait un lit dans une bibliothèque ? Cela n'avait aucun sens. Mais peu importait. Son regard venait de tomber sur ce qu'elle cherchait. Le carnet en cuir du professeur Marin, l'homme qui avait été plus qu'un mentor pour elle. C'était l'image qu'elle garderait toujours de lui : avec ses lunettes sur son nez et ce carnet dans sa poche.

En deux enjambées, elle traversa la pièce et le prit sur l'étagère. Le cuir lui semblait encore chaud, comme si le professeur venait tout juste de l'empoigner. Une vague d'émotion la submergea. Il lui manquait tellement ! Personne d'autre n'avait été là pour elle. Ses parents adoptifs avaient peut-être subvenu à ses besoins matériels. Mais lui seul avait vraiment cru en elle, pas uniquement en ce qu'elle pouvait lui apporter.

Le carnet pressé contre son cœur, elle allait s'en aller quand une porte s'ouvrit dans son dos. Elle fit volte-face. Devant elle se tenait Matéo Marin, surgi d'une salle de bains attenante, seulement vêtu d'un pantalon noir. Son regard erra malgré elle sur son torse sculpté, puis plus bas, là où les muscles déliés formaient un V vers la ceinture… Un soupir béat s'échappa de ses lèvres, à son grand dam.

La vision encore brouillée, Matéo détailla la jeune femme de haut en bas. Perchée sur une paire de talons vertigineux, elle aussi l'observait. Son intérêt, palpable, glissait sur sa peau telle une caresse. Il déglutit.

Henri dépassait les bornes, cette fois. Son ami l'exhortait sans arrêt à oublier le travail et s'amuser un peu. Ce refrain devenait lassant à la longue. Matéo avait d'autres priorités. Il était responsable du bonheur de sa mère et de l'avenir de ses employés. Beaucoup de gens comptaient sur lui. Il n'avait pas de temps à perdre en distractions frivoles.

— Écoutez, j'ignore pourquoi vous êtes là. Mais vous feriez mieux de partir.

La jeune femme continua à le fixer sans bouger. Si seulement il la distinguait plus nettement…

Il soupira.

— Si c'est l'argent qui vous intéresse…

Dieu seul savait combien Henri lui avait promis. Il maudit son ami en son for intérieur. Matéo avait souvent flirté avec l'indécence, mais jamais franchi la limite. Jusqu'à ce soir.

— L'argent ?

Étrange, elle avait un accent. Il passa à l'anglais, qui semblait être sa langue maternelle.

— Oui, l'argent. Si c'est que vous voulez…

— Je ne veux pas de votre argent, réfuta l'inconnue en appuyant sur le mot avec dédain.

Cristo. Henri lui avait dégoté une de ces femmes uniquement désireuses de coucher avec le « milliardaire célibataire ». Il était inondé de propositions depuis la parution de l'article. Certaines visaient la notoriété. D'autres étaient séduites par le défi. Et elle ? Quelles étaient ses motivations ?

— Dans ce cas, *querida*, que voulez-vous ?

Il cilla et enfin, ses lentilles firent leur mise au point sur son visage. Les cheveux bruns attachés en queue-de-cheval haute donnaient à la jeune femme un air d'innocence juvénile qui le changeait de ses conquêtes habituelles. Elle était vraiment très belle. D'une beauté classique qui l'hypnotisait. Il brûlait d'effleurer la courbe délicate de sa joue. Ses longs cils noirs dissimulaient ses yeux. Inconsciemment, il combla la distance entre eux, curieux de découvrir leur couleur. Son brusque mouvement de recul l'arrêta net.

Sa tenue, un simple chemisier blanc sur un pantalon noir, aurait dû l'interpeller. Mais le sang bourdonnant à ses oreilles parasitait ses facultés mentales. Assez pour lui faire oublier qu'elle n'avait pas répondu à sa question. Ses mains dans son dos faisaient saillir sa poitrine, qu'il s'efforçait vaillamment de ne pas lorgner, surtout là où les boutons laissaient entrevoir sa peau claire.

— Comment vous appelez-vous ? s'enquit-il d'une voix rauque qu'il ne reconnut pas.

— Evelyn.

Vrai ou faux, ce nom sur ses lèvres pulpeuses l'émoustilla. Il hocha la tête, dérouté par la réaction de son corps qui menaçait de l'emporter sur l'ambiguïté morale d'accepter un tel « cadeau ». Il avança d'un pas, puis d'un autre en voyant qu'elle ne reculait pas, jusqu'à découvrir ce qui l'intéressait. Qualifier ses yeux de noisette serait une insulte au saisissant dégradé de brun et de vert piqué d'or qu'étaient ses iris. Des boucles noires échappées de sa queue-de-cheval dansaient autour de son visage. Ni lui ni elle ne semblaient capables de regarder ailleurs, comme irrésistiblement aimantés l'un vers l'autre. Sa droiture le déserta. Il céda à son désir et lui caressa la joue. Un geste qui ne lui ressemblait pas, et pourtant étrangement naturel...

Quel sort lui avait-elle jeté ?

Sa confusion se reflétait dans les yeux de la jeune femme, qui paraissait aussi déconcertée que lui.

Que lui arrivait-il ? Il préférait ne pas s'appesantir sur cette question. Quelque chose clochait, il le sentait. Mais cette journée, ses responsabilités... Le poids sur ses épaules n'avait jamais été aussi lourd. Soudain, il voulait tout oublier et simplement se laisser aller. Juste un instant.

Que se passait-il ? Evie l'ignorait. Non... Elle le savait et en avait envie. La voix de sa raison essayait de lui rappeler de qui il s'agissait. Mais les battements furieux de son cœur noyaient ses mises en garde. Et cette eau de Cologne qui l'étourdissait, un subtil parfum épicé derrière lequel perçait une note musquée, résolument masculine... L'odeur de Matéo.

Un délicieux frisson la traversa. Son corps était lourd et engourdi. Qu'attendait-elle pour tout arrêter ? Matéo n'avait visiblement aucune idée de qui elle était ou de ce qu'elle faisait là. Mais il la regardait d'une telle façon... Elle se sentait vivante, tout à coup. Comme si elle respirait vraiment pour la première fois. Avant qu'elle puisse prononcer le moindre mot, sa bouche recouvrit la sienne.

Oh ! Seigneur.

Ses lèvres, douces mais déterminées, bougeaient déjà, invitant les siennes à s'ouvrir pour lui. Lorsque leurs langues se touchèrent, un flot de sensations l'inonda. Le désir explosa à travers son être. Sa bouche avait un goût de whisky, brûlante et affamée. C'était... trop. La sonnette d'alarme dans son esprit se fit plus insistante. S'arrachant à sa transe, elle le repoussa. Elle pantelait, la peau en feu. Choc et désir la paralysaient. Mais aussi l'impression de passer à côté de quelque chose...

Oui, mon cœur.

Les mots de Matéo au téléphone lui revenaient trop tard. Sans réfléchir, elle le gifla de toutes ses forces.

3

La douleur cuisante sur sa joue lui fit un électrochoc. Bon sang, à quoi jouait-il ? Matéo recula et leva les mains dans un geste de conciliation. Il était presque reconnaissant à la jeune femme. Elle-même semblait plus choquée que lui. Sa réaction avait quelque chose d'ingénu, plus instinctive que provoquée par un accès de fureur.

— Est-ce que ça va ? demanda-t-il, inquiet pour elle.

— Bien sûr que non ! s'écria-t-elle. Pourquoi avoir fait ça alors que vous avez une petite amie ?

— Je n'ai pas de petite amie, démentit-il, stupéfait de cette accusation improbable. Et vous ? Pourquoi m'avoir embrassé si vous me croyiez en couple ?

La jeune femme battit des cils.

— Je... je n'ai rien fait de tel. C'est vous qui avez commencé ! riposta-t-elle d'un ton outré. Ça vous arrive souvent d'embrasser de parfaites inconnues ?

Jamais, allait-il protester. Sauf que c'était exactement ce qu'il venait de faire. Son regard suivit l'index qu'elle porta à ses lèvres. Et si son trouble n'était pas dû à la gifle, mais à leur baiser ? Non, une telle innocence ne pouvait qu'être feinte. Il passa une main dans ses cheveux, irrité contre lui-même autant que par la situation.

— Écoutez, j'ignore de quoi vous avez convenu avec Henri...

— Qui est Henry ? l'interrompit-elle.

— Henri, la reprit-il en corrigeant son accent.

Mais pourquoi prononcer son nom à l'anglaise ? Personne connaissant son ami ne se risquerait à un tel faux pas.

— Vous n'êtes pas envoyée par Henri ?

Elle fit non de la tête. Son malaise grandit. Avait-il fait totalement fausse route ?

— Je pensais que vous étiez mon cadeau...

— Vous pensiez qu'une femme était votre cadeau ? répéta-t-elle d'une voix suintant le mépris.

— D'anniversaire, termina-t-il piteusement.

La honte lui brûlait les joues. Il en voulait à la jeune femme de le faire passer pour un goujat. Mais son indignation était justifiée. Il l'avait bel et bien prise pour un cadeau. Que n'aurait-il donné pour disparaître dans un trou de souris !

— Quel genre d'homme...

— C'est un malentendu, intervint-il en mettant le plus de distance possible entre eux. Je vous prie d'accepter mes excuses.

Il inclina la tête afin de la convaincre de sa sincérité. Mais lorsqu'il la releva, elle le toisait comme s'il était la lie de l'humanité. Ce qu'il était en cet instant, lui-même en convenait.

— Mais si vous ne connaissez pas Henri...

Ce baiser volé devait vraiment lui avoir embrouillé le cerveau. Et continuait à le faire de façon alarmante. Comment cela lui avait-il échappé ?

— Qui êtes-vous et que faites-vous dans ma chambre ? questionna-t-il, soudain méfiant.

— Je m'appelle Evelyn et je...

Elle avait commencé sûre d'elle, mais sa voix flancha et son explication mourut sur ses lèvres. Chemisier blanc, pantalon noir... Le jour se fit dans l'esprit de Matéo. Elle était une des serveuses de la soirée. Elle n'avait donc pas été engagée pour le séduire. C'était déjà cela. Mais l'anxiété dans ses yeux brun-vert lui donnait mauvaise conscience. Il se massa la tempe en soupirant. *Dios*, quel imbroglio.

— Ne vous a-t-on pas prévenue que l'étage était interdit d'accès ? la sermonna-t-il, plus agacé que furieux.

Elle le fixa d'un air perplexe, puis baissa les yeux sur sa tenue et sa contenance changea.

— Bien sûr, monsieur. Désolée, je… J'avais juste besoin d'un moment. Toutes mes excuses, dit-elle en reculant.

— À propos de…

— Pas de problème. Ça arrive tout le temps.

Ça arrive tout le temps.

Pourquoi avait-elle dit cela ? Matéo semblait interdit. C'était ce baiser… Il avait complètement court-circuité sa raison. Elle n'aurait pas dû le gifler. Il n'avait pas mérité cela. Mais elle s'était sentie tellement submergée ! Comment avait-elle pu embrasser Matéo Marin ? L'homme qui l'avait snobée et avait fait tant de mal à son propre père. Elle devait sortir d'ici, et vite. Avant qu'il suspecte quelque chose.

— Je vais y aller, bredouilla Evie, en pivotant de manière à cacher sa main tenant le carnet.

Elle était à mi-chemin vers la porte quand la voix de Matéo l'arrêta.

— Evelyn.

Elle se retourna à contrecœur, sans oser croiser son regard.

— Si certains clients ont… une attitude déplacée, vous devriez en informer votre manager.

Evie ouvrit des yeux ronds.

— Vous venez de m'embrasser dans votre chambre. Et vous me conseillez de parler à mon manager ?

Elle avait détaché chaque syllabe pour bien souligner l'absurdité de sa suggestion. Il eut la décence de paraître gêné.

— C'était une erreur.

— Bien sûr.

Elle tourna les talons, la poitrine serrée. Elle se sentait dépitée et blessée, sans s'expliquer pourquoi. Peut-être parce que ce baiser avait éveillé sa féminité enfouie depuis des années, comme si chaque pression de ses lèvres, chaque caresse de sa langue, avait donné vie à un désir qu'elle ne reconnaissait pas. Elle voulait plus et ne savait comment réagir. Que tout cela soit un malentendu, elle pouvait l'accepter. Mais que Matéo soit du genre à embrasser sans se poser de question une femme offerte comme un « cadeau » la décevait. Car c'était bien la seule raison pour laquelle il l'avait embrassée, n'est-ce pas ? Un homme comme lui ne s'intéresserait jamais à une femme comme elle, à moins qu'elle n'ait été payée pour le séduire.

Il faudrait me payer pour t'embrasser.

Elle chassa ce souvenir pénible. Elle se sentait assez vulnérable comme cela après ce qui venait de se passer. *Inspire, expire.* Elle ferma les yeux et puisa en elle la force qui l'avait aidée à surmonter bien d'autres épreuves, puis avança vers la porte.

— Stop.

Elle se figea, comme si la voix de Matéo contrôlait son corps. Que faire ? Prendre la fuite ? Elle était si près du but… Mais une main captura son poignet et l'obligea à se retourner. Quand Matéo s'était-il rapproché ? Le souffle d'Evie se bloqua dans sa gorge. L'intensité de son regard lui donnait des frissons. Allait-il l'embrasser à nouveau ? Une part d'elle l'espérait, l'autre le redoutait. Ce feu dans ses yeux… Ce n'était pas du désir, mais de la colère, comprit-elle en le voyant secouer la tête.

— Moi qui croyais être en tort, alors que c'était vous depuis le début, gronda-t-il.

— Moi ?

Vive comme l'éclair, sa main plongea derrière elle et lui arracha le carnet.

— Petite voleuse.

Matéo serra la mâchoire. Il avait eu honte de son comportement, avant d'apercevoir ce qu'elle cachait dans son dos. Et elle osait le toiser comme s'il était toujours le fautif ! Evelyn... Cela lui revenait enfin. Evelyn Edwards. La femme qui l'avait attendu devant son bureau cet après-midi. L'assistante de son père.

— Ravi de faire votre connaissance, mademoiselle Edwards.

Elle se dégagea et se frotta le poignet comme s'il l'avait brûlée.

— Si vous ne m'aviez pas fait poireauter pendant plus quatre heures, je n'aurais pas eu à en arriver là, siffla-t-elle.

— En arriver là ? Vous voulez dire violation de propriété privée, vol et agression physique ? énuméra-t-il, médusé par son culot.

— Quelle agression physique ? Je n'ai fait que me défendre, objecta-t-elle.

Il se frotta la joue. D'accord, la gifle était justifiée. Mais pas le reste.

— Est-ce à propos de ça que vous vouliez me voir ? demanda-t-il en brandissant le carnet.

Cristo, elle était vraiment désespérée ! Son corps avait d'instinct oscillé vers l'objet dans sa main. Son ego en prit un coup. Tout ce qui l'intéressait était les griffonnages de son père. Elle n'était venue là que pour ce fichu carnet. Quel imbécile !

— De toutes les façons dont vous auriez pu vous y prendre, Evelyn, vous avez choisi la pire qui soit.

Il alla replacer le carnet sur l'étagère.

— Attendez...

La voix de la jeune femme fendit le silence.

— Je suis désolée, dit-elle du bout des lèvres.

Preuve qu'elle n'en pensait pas un mot. Devant sa mine impassible, elle réessaya :

— Je suis sincèrement désolée. Mais le temps pressait. Vous ne répondiez pas à mes mails et ignoriez mes appels…

— Comment connaissez-vous mon numéro ?

— Votre père me l'a transmis en cas d'urgence.

Matéo eut l'impression de recevoir une seconde gifle. Il était le contact d'urgence de son père ? Alors qu'il ne lui adressait même plus la parole ? Il ne savait comment prendre cette information. Sa relation avec son père avait toujours été tendue. C'était comme s'ils ne parlaient pas la même langue. Chacune de leurs interactions dégénérait invariablement en conflit.

Le schéma semblait se répéter avec Evelyn Edwards.

— Je ne suis pas venue rouvrir de vieilles blessures, ajouta-t-elle d'un air contrit.

Comme s'il allait croire cela.

— Ah non ? Alors que fait l'assistante de mon père chez moi ? Dans sa chambre, à lui embrouiller les idées en échauffant ses sens ?

— Pour vous, ce sera professeure Edwards, répliqua-t-elle avec morgue.

Matéo rassembla les bribes d'informations qu'il avait entendues à son sujet. Enfant prodige. QI supérieur. Cela ne l'avait pas empêchée de se laisser entraîner dans l'obsession de son père, qui se résumait à un ramassis de légendes et de divagations.

— Tant mieux pour vous, commenta-t-il, non sans une certaine déception.

— Pourriez-vous…

— Quoi ?

Ses joues se colorèrent.

— Remédier à ça ? termina-t-elle avec un geste circulaire vers sa poitrine.

Il prit soudain conscience qu'il était toujours torse nu. Cette femme lui faisait littéralement perdre la tête !

— Ne bougez pas, ordonna-t-il.

Il entra dans son dressing, en laissant la porte entrouverte afin de l'entendre si elle tentait de s'enfuir. L'esprit agité, il s'empara d'une chemise et l'enfila. Le baiser, le carnet, son père... Tout s'entremêlait tandis qu'il fermait les boutons un à un. Un goût d'agrume. Ses lèvres avaient eu un goût d'agrume et de soleil levant.

Depuis quand un simple baiser lui inspirait-il de telles envolées lyriques ?

À la seconde où leurs bouches s'étaient unies, une vanne avait cédé en lui. Il s'était complètement laissé emporter. C'était une bonne chose qu'elle ait coupé court. Lui n'en aurait peut-être pas été capable. Elle aussi avait perdu pied, il le savait. Elle avait raison. Il n'aurait pas dû l'embrasser. Mais il avait perçu le désir palpitant sous la surface. Il était là, derrière la confusion dans ses yeux brun-vert. Dans le petit gémissement qu'elle n'avait sans doute même pas eu conscience d'émettre. Dans la reddition de ses lèvres sous les siennes, les incursions de sa langue, d'abord timides, puis...

Un feu d'artifice.

Un mouvement dans le miroir le ramena au présent. Sa mâchoire se crispa. Peu importait leur alchimie explosive. Elle n'était pas là pour lui. Tout ce qu'elle voulait était le carnet de son père. Il boutonna son col, quitta le dressing et se planta devant elle.

— Satisfaite ?

— Oui, merci.

Evie pouvait enfin le regarder en face. Ses yeux noirs la transperçaient telles des dagues. Les mêmes papillons voletèrent dans son ventre que lorsqu'il l'avait...

Elle s'éclaircit la gorge.

— Comme je vous l'expliquais, je voulais vous parler du carnet de votre père.

— Et quand ça n'a pas été possible, vous avez décidé de le voler ?

Il s'approcha de la cheminée et se versa un verre de whisky.

— Je vous en sers un ? offrit-il avec nonchalance.

Evie déclina. Tout ce qu'elle voulait, c'était mettre la main sur ce qu'elle était venue chercher et rentrer à son hôtel. La proximité de Matéo après leur baiser torride la troublait. Son pouls battait la chamade. Sans la quitter des yeux, il avala son whisky d'une traite. Elle maudit sa peau pâle en sentant ses joues s'empourprer. Lorsqu'il se servit un second verre, elle faillit intervenir. Mais son expression sévère l'en dissuada.

Gênée, elle concentra son attention sur la pièce. Le lit l'avait surprise, car elle avait cru que les étagères appartenaient à une vaste bibliothèque. Un bureau trônait devant une baie vitrée. Les tiroirs de chaque côté lui étaient étrangement familiers. De même que cet insert en cuir vert sombre. Si elle s'approchait, distinguerait-elle une tache ronde dans le coin à droite ?

— Ce n'est pas le sien.

Elle tourna la tête vers Matéo. À croire que cet homme lisait dans ses pensées.

— Le bureau... Ce n'est pas celui de mon père, clarifia-t-il inutilement.

Son visage impassible ne trahissait aucune émotion.

— Monsieur Marin, tout ceci n'est qu'un fâcheux malentendu.

— Bien sûr.

Se moquait-il d'elle ? Evie serra les dents pour ne rien dire qu'elle risque de regretter. *Inspire. Compte jusqu'à cinq. Expire.*

— J'ai attendu tout l'après-midi à vos bureaux. Quand je suis arrivée ici...

— Comment avez-vous eu mon adresse ? la coupa-t-il.

— Je… Hum, je l'ai aperçue sur le bureau de votre assistant pendant qu'il me préparait un thé, répondit-elle évasivement.

Elle se sentait coupable de sa ruse et espérait que le jeune homme n'en paie pas les pots cassés.

— Je vois. C'est un remplaçant, l'informa Matéo. Mon assistante habituelle, elle, vous aurait congédiée en un instant.

Sans le carnet. Il refusait donc de l'écouter ou d'essayer de comprendre. Exactement comme avec son père. Dieu, ce qu'il lui tapait sur les nerfs !

— Je suis venue pour vous expliquer la situation, persévéra-t-elle. Mais il y avait une fête et on m'a prise pour une serveuse.

Elle indiqua sa tenue, geste qu'elle regretta aussitôt lorsqu'il promena les yeux sur elle de haut en bas.

— Je n'ai rien eu le temps de dire que je me suis retrouvée avec un plateau dans les mains.

— Et il ne vous est pas venu à l'esprit de dissiper le malentendu ?

Sa condescendance lui hérissa le poil.

— Eh bien, je vous écoute, maintenant. Pourquoi voulez-vous tant ce carnet ?

— J'en ai besoin pour… pour…

Evie se mordit la lèvre. Elle avait signé un accord de confidentialité. Comment s'expliquer sans rien divulguer ? Elle devait avoir l'air d'une idiote, plantée là à bégayer. Matéo plissa des yeux soupçonneux.

— Ce n'est pas vrai. Alors vous cherchez le trésor, vous aussi ?

Il secoua la tête d'un air désappointé.

— C'est une quête futile, mademoiselle Edwards. Non, vous n'aurez pas le carnet. Je fais ça pour votre bien. Vous m'en remercierez un jour.

Evie vit rouge. Non, mais pour qui se prenait-il ? *Vous n'êtes pas prête. Vous n'avez pas assez d'expérience. C'est pour votre bien, vous savez.* Combien de fois encore allait-elle devoir subir ce paternalisme insupportable ?

— Votre ego dépasse la mesure ! s'emporta-t-elle. Pour mon bien ? Vous ne me connaissez même pas. De quel droit décidez-vous de ce qui est bon pour moi ?

Il la dévisagea en silence. Elle reprit espoir. Avait-elle percé une brèche dans cette façade implacable ?

— Mon père vous a-t-il déjà parlé des autres universitaires dont la carrière a été détruite par cette histoire de pirate ? questionna Matéo. Connaissez-vous les professeurs Wheller ou Kritsen ?

À l'évidence, ces noms ne disaient rien à la jeune femme.

— Ils ont été les deux premiers à vouloir prouver que la princesse Isabelle de Iondorra et Loriella Desaparecer étaient une seule et même personne. Si vous n'avez jamais entendu parler d'eux, c'est parce qu'ils ont été mis à l'index du monde universitaire. Des hommes sont devenus fous à chercher le trésor de Loriella.

— Je ne suis pas un homme, répliqua-t-elle avec feu. Et le trésor ne m'intéresse pas.

— À d'autres.

Il ne la croyait pas. Combien de fois avait-il entendu son père répéter que ce n'était pas une chasse au trésor, mais une quête de vérité ? Que le but était de rendre aux gens leur vraie place dans l'histoire et non celle assignée par les vainqueurs ? Cela ne l'avait pas empêché de courir après une chimère, comme si la trouver compenserait la famille que son obsession lui avait coûtée. Alors non. Tant pis s'il passait pour un mufle arrogant, mais Matéo n'aiderait pas Evelyn Edwards à gâcher sa vie dans des recherches qu'elle n'aurait jamais entreprises sans son père.

— Vous pourriez avoir le soutien du roi d'Angleterre que ça ne changerait rien.

Elle tressaillit, le choc peint sur ses traits. Avait-il frôlé la vérité de trop près ? Un éclair de lucidité le frappa.

— Ne me dites pas que...

Oui, quelqu'un devait bien financer cette folie.

— J'ignore à quoi vous pensez, monsieur Marin, mais...

— Assez. Je ne veux rien savoir. Si vous tenez tant à ruiner votre réputation, faites-le sans moi.

Elle le foudroya du regard. La colère la rendait encore plus belle. Il aimait cette impétuosité qu'il sentait irradier de tout son être. Lorsqu'elle retomba d'un coup, il en fut déstabilisé.

— Très bien, dit-elle.

Ses épaules s'affaissèrent. Il dut se retenir de la réconforter.

— Navrée d'avoir gâché votre anniversaire. Ce n'est pas moi que vous attendiez, n'est-ce pas ?

Pris de court par ce brusque revirement, il la laissa s'en aller sans bouger. Le goût d'agrume sur sa langue était tout ce qu'il restait du passage d'Evelyn Edwards dans sa vie. Il se versa un autre whisky, en proie à une inexplicable déception. Alors qu'il vidait son verre, son regard se posa sur l'étagère où il avait rangé le carnet de son père.

L'emplacement était vide.

Petite voleuse.

4

— Avez-vous fait bon voyage professeure Edwards ?

— Excellent, Votre Majesté.

— L'hôtel vous convient-il ?

— Je n'ai jamais séjourné dans un aussi bel endroit. Je ne sais comment vous remercier, répondit Evie avec gratitude.

La reine Sofia lui avait témoigné plus de sollicitude en quelques heures que ses parents adoptifs durant toute sa vie. Elle ne lui demandait pas seulement si elle était arrivée, mais si le vol s'était bien passé et si l'hôtel lui plaisait.

— C'est à moi de vous remercier, affirma la souveraine. Avez-vous trouvé ce que vous cherchiez en Espagne ?

Oh ! elle avait trouvé plus que cela.

— Oui, Votre Majesté. J'ai le carnet du professeur.

— Qui vous aidera à établir la provenance de l'octant ?

— En effet. La vente aux enchères a lieu ce soir. Je vous tiendrai informée du résultat.

Evie conclut poliment l'appel, les yeux tournés vers la fenêtre de la luxueuse suite que le Palais de Iondorra lui avait réservée dans l'un des plus célèbres hôtels de Shanghai.

La vue sur le fleuve était superbe, très éloignée de la merveille futuriste saturée de néons multicolores que la plupart des gens associaient au district de Huangpu. Le ciel d'encre se teintait peu à peu d'or, repoussant la nuit pour faire place au soleil perçant la brume. Dans ce paysage serein, Evie avait le sentiment d'entrevoir le vrai Shanghai. Elle rêvait d'y venir depuis des années. Elle et le professeur auraient dû assister au Forum Archéologique annuel de la ville, deux ans plus tôt. Mais le professeur était décédé peu avant. S'y retrouver seule aujourd'hui l'emplissait de tristesse.

Elle chercha des yeux le carnet sur la table de chevet. Durant ses douze heures de vol, elle en avait parcouru chaque page. Certaines l'avaient fait sourire, d'autres pleurer. D'autres encore lui avaient fait se demander si Matéo les avait jamais lues. Au vu de son attitude lors de leur confrontation, elle en doutait.

À la pensée de Matéo, son cœur battit plus vite. Elle effleura ses lèvres, qui la picotaient chaque fois qu'elle se remémorait leur baiser. Et chaque fois, un autre souvenir remontait à la surface, plus ancien, mais toujours aussi humiliant.

Il faudrait me payer pour t'embrasser.

Le jour où elle avait enfin trouvé le courage d'inviter un garçon à sortir, elle avait naïvement oublié qu'elle était une adolescente de seize ans entourée d'étudiants dans la vingtaine. Naturellement, cela avait tourné au fiasco. La honte lui empourpra le front. Elle avait beau se répéter que ce qui s'était passé avec Matéo était différent, l'exact opposé même, quelque chose dans son esprit avait connecté les deux événements et plus rien ne semblait pouvoir les séparer.

Evie soupira. 6 heures du matin. Encore cinq heures avant de voir l'octant. S'il s'avérait authentique, elle aurait besoin d'une tenue élégante pour la vente aux enchères de la soirée. Elle se remit au lit malgré sa fébrilité et ne tarda pas à s'assoupir, accompagnée par deux yeux d'ébène et une paire de lèvres sensuelles.

Matéo descendait les marches de son jet privé, arrivé à Shanghai en bien moins de temps que s'il avait pris un vol commercial. Il éloigna son portable de son oreille.

— Une bouteille de whisky ! vitupérait Henri au bout du fil. C'est une bouteille de whisky que j'ai laissée dans ta chambre, pas une femme ! Comment as-tu pu me croire capable d'une chose pareille ?

Matéo pressa une main sur sa tempe.

— J'ai mes défauts, Matéo, mais je ne suis pas un souteneur !

— C'est tout ce que tu as retenu de ce que j'ai dit ? s'impatienta-t-il.

— D'accord. Revenons à la jolie assistante de ton père...

— Je n'ai jamais dit qu'elle était jolie.

— Tu l'as embrassée. Alors elle l'est ou non ?

Ses doigts se crispèrent sur son portable. Ni le whisky de la veille, ni le café avalé dans le jet n'avaient su effacer de sa langue le goût d'Evelyn Edwards.

— Ce n'est pas la question, grogna-t-il. Cette femme est une voleuse.

— Donc tu l'as embrassée ? Si je résume, la jolie assistante...

— Elle est professeure, corrigea Matéo, comme elle l'avait fait avec lui.

— La jolie professeure, se reprit Henri, a volé le carnet de ton père, et tu es à Shanghai pour le récupérer ?

— Voilà.

Une voiture avec chauffeur l'attendait sur le tarmac. Matéo adressa un sourire poli à l'hôtesse qui déposait sa valise dans le coffre, ignorant ses battements de cils aguicheurs. Il monta seul sur le siège arrière.

— Puisque je suis là, j'en profiterai pour voir Lei Chen.

— Il n'y a vraiment que toi pour penser affaires tout en pourchassant une femme à l'autre bout du monde, railla Henri.

Contrairement à ce que semblait croire Evelyn Edwards, il

n'était pas un play-boy sautant sur tout ce qui bouge. Que lui avait-il pris la veille au soir ? Il compta les verres qu'il avait bus avant qu'elle n'apparaisse. Un seul. Pas de quoi l'enivrer au point d'embrasser langoureusement une inconnue, quelle que soit la raison de sa présence dans sa chambre.

— Ton message disait que tu m'avais laissé un cadeau, rappela Matéo.

— Pour la centième fois, c'était une bouteille de whisky !

— Où ? Où était-elle, cette fameuse bouteille ?

— Près de ton lit.

— Comme si j'allais la trouver là ! Tu n'aurais pas pu choisir un meilleur endroit ?

— Peu importe, décréta Henri. Quand tu mettras la main sur ta voleuse, dis-lui bien que c'était ton erreur. Imagine si les gens commencent à croire que je marchande des femmes !

— Je doute que ça la préoccupe.

— Donne-moi ta parole.

— D'accord, d'accord.

Il fit une pause pour indiquer au chauffeur le nom de son hôtel, avant de reprendre leur échange.

— Promis, je lui dirai.

— Écoute, ne t'inquiète pas pour Lexicon. Je connais le dossier aussi bien que toi, assura Henri.

Devoir confier la transaction à quelqu'un d'autre le contrariait. Mais il avait toute confiance en son meilleur ami. Sa mère lui en voulait assez d'avoir annulé leur dîner et il détestait manquer le travail, même pour un jour ou deux.

— Tu es sûr de vouloir rencontrer Lei Chen ? demanda Henri. Ça fait des années que tu n'as pas pris de vacances.

— Je ne suis pas en vacances.

— Tu es à Shanghai avec une jolie professeure...

— Je raccroche, dit Matéo en souriant malgré lui.

Quand sa vie avait changé du jour au lendemain, Henri avait

été le premier élève qu'il avait rencontré au pensionnat huppé où la famille de sa mère l'avait envoyé. Henri lui avait réappris à rire quand il croyait ne plus en être capable. Une famille était plus qu'une question d'ADN, Matéo en savait quelque chose. C'était être là pour les siens. En personne. Combien de fois son père l'avait-il oublié ? Combien de fois était-il passé après cette chasse au trésor couchée dans les pages dans ce carnet qu'il n'avait jamais pu se résoudre à lire ? Toutes ces années, sa mère avait eu besoin de son mari. Et lui de son père. Mais c'était Matéo qui avait consolé sa mère chaque fois qu'elle pleurait. C'était lui qui avait veillé à ce qu'elle ne manque de rien. Et son père ? Il ne songeait qu'à ses recherches, parti pour un énième site archéologique dans l'espoir de prouver sa théorie ridicule de princesse pirate.

Alors oui, il était venu à Shanghai récupérer ce maudit carnet. Et quand il l'aurait, il le brûlerait une bonne fois pour toutes.

Un silence révérencieux régnait dans la salle d'exposition de la plus prestigieuse maison de ventes de Shanghai. Evie se serait crue dans un musée. Le vaste entrepôt abritait tous les lots proposés aux enchères dans les quarante-huit heures suivantes. Un véritable trésor d'objets historiques, certains remarquables, d'autre simplement magnifiques.

Evie se dirigea vers la section qui l'intéressait. Ses talons claquaient sur le sol en béton poli. Son pantalon taille haute, évasé aux jambes, dissimulait leur hauteur vertigineuse. C'était sa paire de chaussures préférée. Une véritable folie, reconnut-elle en se remémorant la somme exorbitante qu'elle avait déboursée. Ce n'était pas qu'elle soit petite. Du haut de son mètre soixante-huit, elle passait presque pour grande dans certains groupes. Mais ses chaussures étaient ce qui lui donnait confiance en elle face à l'adversité. Après son premier – et dernier – bal de promo, elle avait déambulé dans les rues de Cambridge, le cœur en miettes et le moral au trente-sixième dessous. C'était là qu'elle était tombée sur une ravissante paire d'escarpins dans la vitrine d'un magasin.

Une fille avec ces chaussures ne se ferait pas rire au nez. Une fille avec ces chaussures serait une vraie femme, sexy et sûre d'elle.

À même pas dix-sept ans, cruellement rejetée par son premier béguin, elle rêvait d'être tout cela. Désespérément. Des années après, ses émotions d'alors étaient toujours aussi vives. L'humiliation. L'orgueil blessé. La volonté de changer. Ce jour-là, elle avait acheté sa première paire de talons. Elle les portait pendant des heures et s'entraînait à marcher avec jusqu'à maîtriser parfaitement l'exercice. Des chaussures ne régleraient pas tout, bien sûr. On continuerait à la rabaisser et se moquer d'elle. Peut-être devrait-elle feindre cette belle assurance, parfois. Mais à compter de ce jour, dans son esprit, elle serait une femme.

Aujourd'hui, sûre d'elle et de ses compétences, elle se délectait de l'écho de ses talons à travers le vaste espace tandis qu'elle approchait de l'objet qui, peut-être, validerait la thèse du professeur sur la princesse Isabelle.

Plusieurs autres personnes étaient déjà là. Evie ignora les chuchotements autour d'elle pour se pencher vers la vitrine contenant l'octant proposé aux enchères.

Splendide exemple d'un des premiers octants de John Handly (1682-1744) en or et ivoire. Instrument de navigation unique pour l'époque, tant par sa forme et ses matériaux que ses détails singuliers, telle l'épaisseur de l'arc gradué. La gravure indique :

« Offert par J. Berry Aberdeen au nom de Sa Majesté le roi Georges II. Que les vents vous soient toujours favorables. »

Objet ayant supposément appartenu à Loriella Desaparecer.

L'octant était admirablement préservé, d'une belle facture artistique malgré sa fonction pratique première. Evie contourna la vitrine afin d'examiner le dos de l'objet, en quête d'un détail évoqué dans le carnet du professeur. Le roi, père d'Isabelle, avait l'habitude d'apposer sa marque sur tout cadeau prestigieux, au cas où sa propriété serait remise en question. Et elle était bien là ! Minuscule, mais identifiable, gravée à l'eau-forte : cinq pétales de clématite, l'emblème de Iondorra. Le même frotté au charbon sur un morceau de parchemin dans le carnet du professeur.

Elle se pencha plus près, gênée par une présence dans son dos. Lorsqu'elle se décala d'un pas pour mieux voir, la même ombre obscurcit sa ligne de vision. Exaspérée, elle se retourna afin d'affronter l'importun… et chancela en découvrant de qui il s'agissait.

Un bras puissant la retint par la taille. Sans lui, elle se serait étalée de tout son long, trahie par ses talons hauts, ses alliés de toujours. Une onde brûlante la traversa comme deux pépites d'obsidienne happaient son regard.

— Mademoiselle Edwards. Quelle coïncidence, lança Matéo Marin.

L'éclair de désir dans les yeux de la jeune femme n'avait pas échappé à Matéo. Il l'aurait ignoré si son corps n'y avait pas aussitôt réagi. La chaleur de ses mains l'irradiait de là où elles avaient agrippé son gilet par réflexe. Luttant contre ses instincts primaires, il l'aida à recouvrer l'équilibre et détourna les yeux de l'adorable rougeur sur ses joues, puis lissa son gilet froissé avant d'être tenté de la reprendre dans ses bras.

— Que faites-vous ici ? s'exclama-t-elle avec un regard noir.

Son front se plissa.

— Attendez... Comment m'avez-vous retrouvée ?

Il haussa les épaules. L'argent achetait tout, y compris ce genre d'information.

— Ce n'était pas très compliqué.

— Vous avez enquêté sur moi ? C'est une violation de ma vie privée !

Son indignation l'aurait fait rire sans les regards inquiets se multipliant dans leur direction.

— Vous ne manquez pas de culot pour une criminelle.

— Oh ! par pitié !

— Rendez-moi ce que vous m'avez volé et vous serez débarrassé de moi, promit-il avec un sourire mielleux.

Il vit ses doigts se resserrer sur son attaché-case, comme si elle craignait qu'il le lui arrache de force. *Cristo*, pour qui le prenait-elle ? Pour un homme qui embrassait des inconnues en les considérant comme un cadeau ?

Matéo soupira.

— Et aussi, hum... Henri veut que vous sachiez qu'il n'est pas un souteneur.

— Pardon ?

Une confusion totale se lisait sur les traits de la jeune femme. Il s'éclaircit la gorge.

— Je lui ai promis de vous expliquer qu'il n'a jamais engagé de femme pour mon anniversaire.

— Ah... D'accord, dit-elle avec un petit rire.

Rien ne se passait comme prévu. Les gens ne lui riaient pas

au nez. Ils faisaient de ce qu'il leur ordonnait. Evelyn Edwards, elle, ne cessait de lui tenir tête.

— Maintenant, le carnet, répéta-t-il en tendant la main.

— Je ne peux pas vous le rendre.

— Bien sûr que si. C'est très simple. Sortez-le et donnez-le-moi.

— Je ne l'ai pas avec moi, prétendit-elle, rouge pivoine.

Un mensonge éhonté, cela sautait aux yeux.

— Même si je l'avais, pourquoi le voudriez-vous ? continua-t-elle. Vous n'avez pas parlé à votre père pendant les trois dernières années de sa vie.

Matéo accusa le coup. Une rage sourde l'envahit.

— Vous croyez avoir plus de droits sur ce carnet que moi ?

— Peut-être, répondit-elle avec une franchise incisive.

— Eh bien, vous avez tort, riposta-t-il sèchement. Je mérite chaque page de ce carnet. Pendant qu'il y consignait ses notes de recherches sur ses excavations en Indonésie, il était censé être à mon *bachillerato*. Lorsqu'il donnait sa conférence sur « L'Impact économique de Iondorra en Europe au XVIIIe siècle », il n'était pas présent à mon vingt et unième anniversaire. Vous savez quoi ? Je ne sais même pas où il était le jour où ma société a été introduite en bourse. Et ça m'est égal. Tout ce que je sais, c'est qu'il préférait être ailleurs plutôt qu'avec moi.

La compassion dans le regard d'Evelyn l'irrita encore plus.

— L'avez-vous lu ? demanda-t-elle.

— Inutile. Et vous non plus n'en avez pas besoin. Vous étiez avec lui dans toutes ses recherches, répliqua-t-il avec amertume.

— Je n'ai pas... Je suis désolée, Matéo.

— Dois-je comprendre que vous ne me rendrez pas le carnet ?

Elle se mordit la lèvre comme pour s'empêcher d'en dire plus.

— Très bien. Dans ce cas, comptez sur moi pour vous rendre la pareille.

L'inquiétude voila ses yeux brun-vert. Les questions s'y bousculaient, aussi lisibles qu'en un livre ouvert. Mieux valait qu'elle ne joue jamais au poker. Elle l'ignorait, mais il venait de la battre à son propre jeu.

— Un conseil : si vous comptez assister à la vente aux enchères, changez-vous.

Sur cette pique cinglante, il tourna les talons et s'en alla.

Evie appliqua avec soin l'eye-liner sur sa paupière. Comme avec les talons, elle s'était entraînée à se maquiller. Mais le maquillage ne lui avait jamais apporté la même confiance en elle que ses chaussures, raison pour laquelle elle s'en passait le plus souvent. En tant que professeure, se maquiller lui donnait l'impression d'en faire trop pour paraître plus âgée. S'intégrer. Être prise au sérieux. Elle fronça les sourcils. Pourquoi pensait-elle à cela maintenant ?

Peut-être parce qu'elle était encore perturbée par son échange avec Matéo. Des émotions contradictoires se disputaient en elle chaque fois qu'elle le rejouait dans sa tête. Elle se sentait coupable car elle pensait vraiment ce qu'elle lui avait dit, sur le moment. Qu'elle méritait plus que lui de posséder le carnet. Elle était convaincue d'être dans son droit. Son arrogance lui faisait honte, à présent.

Les confidences de Matéo avaient mis en lumière une facette du professeur qu'elle ne connaissait pas. Lui aussi avait ses torts dans cette relation père-fils brisée. Evie avait aveuglément choisi de croire ce qui l'arrangeait. La pilule était difficile à avaler. Mais Matéo se trompait en accusant son père de ne pas se soucier de lui. Une fois l'octant rapporté au palais de Iondorra, non seulement elle lui rendrait le carnet, mais elle s'efforcerait aussi de lui faire comprendre combien son père avait amèrement regretté certaines de ses décisions.

Matéo n'en restait pas moins un type odieux. Elle s'en voulait de l'extravagance de la tenue qu'elle avait fini par acheter. Tout cela parce qu'elle s'était laissé atteindre par ses mots. Elle pivota devant le miroir et étudia son reflet. Le tissu rouge fluide, entièrement brodé de sequins, épousait sa silhouette telle une seconde peau et mettait en valeur son teint. Le V profond du décolleté se retrouvait dans le dos, puis la robe s'évasait aux genoux en une demi-traîne derrière elle.

Le résultat dépassait ses attentes. Evie se sentait féminine et séduisante. Mais son côté pragmatique tempérait son excitation. Qui cherchait-elle à impressionner en s'habillant ainsi ? Matéo ? Le conseil qu'il lui avait donné... Avait-il l'intention de se rendre à la vente aux enchères ? Evie peinait à démêler ce qu'elle ressentait. Elle voulait... qu'il la voie dans cette robe. Qu'il la désire.

Où était le mal ? Il ne se passerait rien de toute façon. Matéo n'était pas son genre. Quelqu'un comme lui ne comprendrait jamais quelqu'un comme elle. Elle carra les épaules et prit une grande inspiration. Ce soir, elle remporterait l'enchère. Demain, elle s'envolerait pour Iondorra. Et après-demain, elle serait de retour à Londres, où sa vie reprendrait son cours normal. C'était aussi simple que cela.

Une heure plus tard, Evie s'installait à l'une des dernières places libres près de la fenêtre. La salle d'enchères n'avait pas mis longtemps à se remplir. Les acheteurs rivalisaient d'élégance en smokings et robes de créateurs. Les bijoux précieux s'exhibaient autant que les objets en vente. Les enchères en soirée proposaient moins de lots que celles en journée, mais les transactions s'envolaient jusqu'à atteindre plusieurs dizaines de millions de dollars. Les personnes y assistant tenaient à se montrer à leur avantage. Certaines parmi elles lui donneraient sûrement du fil à retordre pour l'octant.

Alors que s'enchaînaient les premières ventes, Evie ne pouvait s'empêcher de penser à Matéo. Ses yeux scannaient régulièrement la salle. Aucune trace de lui. Peut-être ne se montrerait-il pas, tout compte fait ?

— Lot numéro trente-deux, mesdames et messieurs. Un très bel octant du XVIIIe siècle ayant peut-être appartenu à la célèbre pirate Loriella Desaparecer.

Un rire parcourut l'assemblée, au grand agacement d'Evie.

— Les octants de cette période ne sont pas rares. Ce qui rend celui-ci unique est la présence d'or dans sa composition, ainsi que la gravure le reliant à la famille royale d'Angleterre. En raison de son intérêt particulier, l'enchère débute à cinq cent mille.

Une rumeur stupéfaite accueillit cette annonce. Même Evie ne s'attendait pas à une mise à prix aussi élevée. Ce n'était pas ce qui était indiqué dans le catalogue. Un gentleman assis au second rang lança la première offre, Evie surenchérit, et le match commença. Les trois ou quatre autres personnes intéressées renoncèrent les unes après les autres à mesure que le prix montait. Le cœur d'Evie cognait follement. Elle aussi approchait de la somme plafond accordée par la reine. La dépasser attirerait trop l'attention, au risque de trahir l'intérêt de Iondorra pour l'octant, ce que le Palais ne pouvait se permettre.

Enchères et surenchères se succédaient avec l'homme du second rang. Ce dernier affichait un flegme imperturbable. Evie sentit une sueur froide couler entre ses omoplates. Ils venaient d'atteindre le palier des neuf cent mille. Pour ce qui était de rester discrète, c'était raté. L'assemblée suivait maintenant avec passion le duel se déroulant sous leurs yeux.

Evie avait envie de hurler. Une fois de plus, elle leva la carte blanche portant son numéro.

Neuf cent quatre-vingt-dix mille.

Un fol espoir la saisit en voyant son adversaire fléchir. La victoire était à elle ! Elle allait gagner l'enchère et rapporter l'octant à Iondorra. Le père de la reine trouverait enfin la paix qu'il méritait. Quant à elle, peut-être réussirait-elle à prouver la théorie du professeur ? Des larmes d'émotion lui embuèrent les yeux. Elle les chassa d'un battement de cils.

— Neuf cent quatre-vingt-dix mille pour madame près de la fenêtre. Monsieur ?

Elle retint son souffle. S'il surenchérissait, c'en était fini pour elle. Elle avait atteint son budget limite.

L'homme secoua la tête.

— Une fois...

La joie explosa dans sa poitrine. Elle avait réussi ! Elle allait emporter l'octant !

— Deux fois...

— Deux millions.

Une onde de choc parcourut la salle. Tout le monde se retourna pour voir qui venait de doubler l'enchère. Evie aussi. Son cœur s'arrêta.

Debout contre le mur du fond, ténébreux en diable en smoking noir, se tenait Matéo Marin, qui venait d'acheter l'octant pour deux millions de dollars.

5

Matéo gardait les yeux résolument fixés sur le commissaire-priseur. Un seul regard vers Evelyn Edwards serait fatal à son self-control. Il aurait dû passer ces six dernières heures à préparer son entrevue du lendemain avec Lei Chen. La fusion serait un véritable un coup de maître si elle se concrétisait et cimenterait sa solidité financière. Cette sécurité était importante pour lui. Et pourtant il avait eu l'esprit ailleurs, monopolisé par une certaine professeure. À tel point qu'il avait envoyé ses cinq derniers mails aux mauvais destinataires et manqué causer un incident interne. Henri avait fini par l'appeler pour lui intimer de prendre sa journée. De mauvaise humeur, il s'était consolé en se concentrant sur la vente aux enchères. Evelyn Edwards était à Shanghai pour acquérir l'octant qu'elle examinait dans l'après-midi. La perspective de lui couper l'herbe sous le pied à la dernière seconde l'avait fait jubiler. Mais à l'heure de sa victoire, il n'en concevait aucune satisfaction.

Evelyn lui jeta un regard assassin, sans prêter attention aux chuchotements allant bon train autour d'eux. Le kohl autour de ses yeux faisait ressortir les paillettes d'or de ses iris. Ses lèvres, peintes d'un rose légèrement plus foncé que leur teinte naturelle, donnaient l'impression qu'elles venaient d'avoir été embrassées. Un maquillage subtil, qui lui faisait un peu trop d'effet. Il allait se détourner quand elle se leva.

Madre de Dios.

Une décharge de cent mille volts le cloua sur place. Son sang-froid faillit le déserter pour de bon, et il dut se faire violence pour ne pas commettre quelque chose de stupide. Comme répéter la même erreur qu'en Espagne.

La robe rouge à sequins moulait des courbes affolantes, insoupçonnables sous les chemisiers et pantalons dans lesquels il l'avait vue jusque-là. Matéo était subjugué. Son regard s'attarda malgré lui sur la taille de guêpe que ses deux mains suffiraient à ceindre. Les bretelles qu'il imaginait glissant le long de ses fines épaules. Les seins fermes qu'il se voyait embrasser jusqu'à la faire se pâmer de plaisir. Lorsqu'elle s'avança vers lui, son déhanché sensuel sur ces incroyables talons aiguilles l'obligea à pivoter pour leur épargner un embarras mutuel. Aucune femme ne l'avait jamais poussé dans ses retranchements. Ce n'était pas aujourd'hui que cela allait commencer.

À l'avant de la salle, un assistant attendait de conduire Matéo auprès du clerc chargé de procéder au transfert de propriété. Le jeune homme semblait ensorcelé par Evelyn Edwards. Était-ce ce dont il avait l'air, lui aussi ? Ce reflet de sa faiblesse lui remit les idées en place. Lorsque Evelyn arriva à sa hauteur, il était de nouveau maître de lui-même.

— À quoi jouez-vous ? siffla-t-elle avec colère.

— Je m'intéresse aux pirates du XVIIIe siècle.

— Épargnez-moi vos balivernes. Vous ne vous êtes jamais intéressé à...

— *Cara*, l'interrompit-il. Quand quelque chose pique mon intérêt, aucun obstacle ne me résiste.

L'indignation fit rougeoyer des braises dans ses yeux. Son regard sur lui allumait un feu sous sa peau et enflammait sa libido.

— C'est du chantage, l'accusa-t-elle.

C'était tout juste si elle ne tapait pas du pied par terre.

— Au sujet de l'octant ? Absolument, confirma-t-il dans un sourire.

Un courant électrique le traversa lorsqu'il la saisit par le coude pour l'entraîner vers le hall de réception, loin des regards curieux.

— Je vous aurais rendu le carnet, répliqua-t-elle entre ses dents.

— « Aurais » ?

— N'y comptez plus, maintenant.

— Oh ! vous me le rendrez, susurra-t-il. Vous croyez-vous vraiment capable de me tenir tête ?

Sur cet avertissement, il tourna les talons et regagna la salle afin de finaliser son acquisition.

Evie faisait les cent pas dans le hall en attendant le retour de Matéo. Elle se maudissait de s'être laissé doubler. C'était l'octant dont elle avait besoin, pas le carnet. Bien sûr qu'elle le lui aurait rendu. Mais ses méthodes de tyran l'avaient excédée au point de lui faire perdre de vue l'essentiel. Dire qu'elle avait voulu qu'il vienne aux enchères pour s'exhiber devant lui dans sa robe... Quelle idiote ! Par sa faute, les attentes de la reine Sofia étaient compromises. Car si elle avait espéré prouver les théories du professeur, c'était avant tout pour aider une fille à apaiser son père qu'Evie avait accepté sa requête. *Maudit Matéo Marin.* En parlant du loup...

Matéo s'avançait vers elle, les cheveux décoiffés comme s'il y avait passé la main. Son smoking noir rehaussait l'ébène profond de ses yeux. Son nœud papillon était défait, le ruban de satin pendu négligemment de chaque côté de son col déboutonné. Le riche *bad boy* dans toute sa splendeur. Il était vraiment à tomber. Même furieuse contre lui, Evie n'y était pas insensible et détestait cela.

Elle croisa son regard moqueur. *Zut*. Prise en flagrant délit. Il haussa un sourcil semblant la mettre au défi de continuer. Mais l'aplomb lui manqua et elle tourna la tête.

— Vous venez ?

— Où ça ? s'enquit-elle avec méfiance.

— Là où nous pourrons discuter en privé.

La façade nonchalante avait cédé la place à un ton sec et une posture rigide indiquant que l'heure n'était plus aux politesses. Même le subtil jeu de séduction qui s'était installé entre eux depuis leur baiser s'était évaporé.

Evie hocha la tête et quitta avec lui la maison de ventes. Ils n'échangèrent pas un mot durant le trajet en taxi jusqu'à son hôtel. Et elle n'émit aucune objection lorsqu'il la guida vers un ascenseur à l'écart des autres. Dans la cabine, il activa une carte magnétique donnant accès au penthouse. Perdue dans ses pensées, elle remarqua à peine que les portes s'ouvraient directement sur une luxueuse suite privée avec une vue spectaculaire sur Shanghai. Tout s'enchevêtrait dans son esprit : l'octant, la princesse Isabelle, le professeur, Matéo.

Elle posa son châle sur le dossier du canapé et se tourna vers lui. Il l'observait depuis le seuil, le coffret contenant l'octant sous le bras.

— Puis-je le voir ? demanda-t-elle.

Il fit mine de peser le pour et le contre. Evie était sûre qu'il allait refuser. Au lieu de quoi, il vint placer le coffret sur la table basse face au canapé.

— Faites-vous plaisir, dit-il avant d'aller se servir un verre au bar.

Evie s'assit sur le canapé, prit une grande inspiration et ouvrit le coffret.

— Que connaissez-vous vraiment des recherches de votre père ? lui demanda-t-elle en manipulant l'octant avec précaution. C'était vraiment un chef-d'œuvre d'artisanat.

— Je les connais à quatre-vingt-dix pour cent, dont quatre-vingts que je comprends.

Evie sourit avec mélancolie.

— C'est ce qu'il disait aussi.

— Je sais.

La dureté de Matéo lui fit de la peine. Elle se concentra sur la légende qui l'avait fascinée dès son plus jeune âge et incitée à entreprendre des études d'archéologie.

— La princesse Isabelle rejoignait son fiancé dans les Indes orientales néerlandaises, aujourd'hui l'Indonésie, quand son bateau fut attaqué par des pirates.

— S'ensuivit une féroce bataille, poursuivit Matéo avec une emphase théâtrale. La garde de la princesse combattit vaillamment et parvint à occire le capitaine des pirates.

Il fronça les sourcils, comme s'il s'apercevait pour la première fois qu'il manquait un morceau de l'histoire.

— Le consensus général est qu'Isabelle est morte pendant l'assaut. Mais mon père pensait qu'elle avait survécu. Alors pourquoi n'a-t-elle jamais rejoint son fiancé ?

— D'après certaines rumeurs, c'était un homme vil uniquement intéressé par sa dot. Qu'il avait déjà reçue à ce moment-là.

— Il aurait volontairement laissé sa fiancée se faire tuer par des pirates ? Si elle a survécu, pourquoi n'est-elle pas retournée chez elle ?

Evie eut une moue de dérision.

— Elle avait été fiancée à un duc néerlandais dans le cadre d'un échange commercial. Elle ne valait guère plus que du bétail. Si elle était rentrée à Iondorra, son père l'aurait renvoyée en Indonésie et elle le savait.

Rejetée par ses parents. Rejetée par son fiancé. Déjà enfant,

Evie s'était inconsciemment identifiée à cette princesse ballottée par les aléas de la vie.

— Alors de princesse, elle serait devenue pirate du jour au lendemain ? avança Matéo, dubitatif.

— Je doute que la transition ait été aussi simple. Mais dix-huit mois plus tard, Loriella Desaparecer sillonnait les mers et causait plus de pertes à la VOC, la Compagnie néerlandaise des Indes orientales, que n'importe quel autre pirate ou corsaire opérant à la même époque. Il existe peu de traces écrites. Ce que l'on sait provient surtout de rumeurs. Rien d'étonnant puisque les rares archives appartiennent à la VOC. Le duc n'allait pas laisser fuiter des informations sur les déculottées qu'il se prenait par son ex-fiancée.

— Vous pensez qu'elles ne sont qu'une seule et même personne ?

— Oui, répondit Evie avec franchise.

Elle se prépara à une pluie de sarcasmes. Rien ne vint.

— Et l'octant en serait la preuve ?

— Non, modéra-t-elle. Il est possible que Loriella l'ait volé à ceux qui avaient pillé le bateau d'Isabelle, ou qu'on le lui ait donné, ou qu'il soit tombé à l'eau et réapparu plus tard.

— Alors pourquoi voulez-vous l'octant ?

— Ce n'est pas moi qui le veux, mais une certaine personne. Je suis prête à tout pour la satisfaire.

— Même à me rendre le carnet ?

Elle était tiraillée, Matéo le voyait. Son lien avec son père était quasi viscéral et s'exprimait à travers ce fichu carnet.

— Vous avez déboursé deux millions de dollars pour l'octant, fit-elle remarquer.

— Un prix que je suis prêt à payer pour mettre un terme à toute cette histoire, répliqua-t-il avant d'avaler son whisky d'une traite.

— Mais n'avez-vous pas envie de savoir ?

Il y avait une telle passion dans son regard. Un tel engouement. Il eut l'impression de prendre dix ans.

— Savoir quoi ?

Son petit doigt lui soufflait qu'il n'allait pas aimer la réponse.

— Savoir s'il avait raison ? Cet octant pourrait contribuer à démontrer que ses théories sur Isabelle étaient fondées, insista-t-elle.

Avec quelle ferveur cherchait-elle à racheter son père à ses yeux ! Sa démarche était aussi transparente que malvenue.

— Non. Qu'il ait raison ou non ne rattrapera jamais toutes ces années où il a négligé son rôle de père et de mari. Il n'était jamais là, Evelyn. Vous ne savez pas ce que c'est de ne pas avoir de père dans sa vie. Ce qu'on ressent quand...

Trop tard, il se souvint qu'elle avait été adoptée. Le visage de la jeune femme se décomposa. Il se serait giflé. Il se remémorait la colère de son père, à l'époque où ils se parlaient encore. La frustration qu'il avait exprimée face à l'attitude, l'absence, des parents de son assistante. Il les avait qualifiés de froids. Distants. Insensibles. Matéo s'en souvenait car il l'avait écouté avec incrédulité. Comment pouvait-il être aveugle à l'ironie de la situation ? Sa diatribe contre l'indifférence parentale avait été un véritable coup de poignard. Il se rappelait la profonde injustice qu'il avait ressentie alors. Mais ce n'était pas une raison pour piétiner la souffrance des autres.

— Evelyn...

Elle le fit taire d'un geste tandis qu'elle digérait ses paroles.

La culpabilité lui tordait les tripes. Incapable de rester sans rien faire, il s'approcha et s'assit dans le fauteuil près du canapé. Mais il n'avait pas ouvert la bouche qu'elle se levait brusquement.

— Vous voulez le carnet en échange de l'octant ? Vous êtes prêt à aller jusque-là ?

— Evelyn...

— Oui ou non ?

Elle soutint son regard, l'air pressée d'en finir.

— Oui, répondit-il, les dents serrées.

Il eut mauvaise conscience en la voyant ouvrir son attaché-case et en sortir le carnet.

— Tenez. Je n'aurais jamais dû me l'approprier. Et si j'avais le choix, je ne l'échangerais pas contre l'octant. Mais avant de partir, j'aimerais vous montrer quelque chose...

Elle dénoua le lien en cuir qui maintenait le carnet fermé, empêchant plusieurs feuilles volantes de s'échapper, et l'ouvrit à la page marquée par un Polaroïd.

La vieille photographie carrée libéra un déluge de souvenirs. Son père avait obstinément boudé la technologie numérique moderne, lui préférant le concret de son vieil appareil Polaroïd. Sa mère conservait à ce jour quelques clichés qu'il avait pris plus jeune, quand ils étaient encore ensemble.

— Je sais que votre relation était tendue. Et aussi, mieux que personne, comment votre père pouvait se perdre dans son travail. Son zèle était sans égal, mais il avait un prix, qui lui a valu beaucoup de regrets.

Ces mots auraient dû le consoler. N'était-ce pas ce qu'il avait toujours voulu ? Que son père sache ce qu'il avait manqué. Qu'il reconnaisse le mal qu'il avait fait à sa famille. Mais tout cela arrivait trop tard. Il aurait préféré qu'elle se taise plutôt que de s'entêter à justifier l'absence de son père.

Elle tira la photo du carnet.

— Nous revenions d'une conférence à Toronto, raconta-t-elle. Il avait tenu à faire un crochet par New York. Il était tellement excité !

Matéo sentait poindre le mal de tête. Il ne voulait pas écouter ce qu'elle essayait de lui dire. Il aurait voulu se boucher les oreilles, comme quand il était enfant pour ne plus entendre sa mère pleurer.

— Vous étiez en pleine interview lorsque nous sommes arrivés, continua-t-elle en lui tendant la photo. Votre société venait de faire une entrée spectaculaire en bourse et le journaliste vous demandait avec qui vous alliez célébrer votre succès.

— J'ai répondu que tous les gens qui comptaient pour moi étaient là, énonça-t-il, répétant les mots qu'il avait prononcés ce soir-là. Ma mère, mon grand-père et mes amis.

L'absence de son père à l'événement le plus important de sa vie avait été la goutte de trop. Elle avait creusé un fossé infranchissable entre eux. Mais aujourd'hui Evelyn lui apprenait qu'il était bel et bien venu ?

— Nous sommes partis peu après. Il ne voulait pas gâcher votre moment.

Matéo se décida enfin à regarder le Polaroïd. Dans le hall de l'hôtel new-yorkais où avait lieu la soirée de célébration se tenait son père. Il fixait l'objectif, avec un sourire de fierté que Matéo ne lui avait jamais vu. Et dans le fond, derrière son épaule... Aucun doute. C'était bien lui-même, le visage à demi tourné vers l'appareil-photo. Immortalisé dans cet instant dont il avait toujours ignoré l'existence. L'air lui manquait, tout à coup. Un coup de poing ne l'aurait pas davantage sonné.

— Je...

Aucun mot ne lui venait.

— Je sais que ça n'excuse pas tout. Mais sachez que votre père vous aimait, dit Evelyn. Il regrettait que vous vous soyez éloignés l'un de l'autre.

— Alors pourquoi continuer ? Pourquoi ne pas renoncer à ces recherches ridicules ?

— Je crois...

Elle hésita et Matéo retint son souffle. Elle seule avait la réponse.

— Je crois qu'il voulait vous prouver que ça en valait la peine. Que ses sacrifices n'avaient pas été vains.

— Pourquoi ne m'a-t-il rien dit ?

— Il ne pensait pas mériter votre pardon, murmura-t-elle.

Matéo avala la boule qui lui obstruait la gorge, plongé dans un violent tumulte d'émotions. Un remontant serait le bienvenu. Et si les choses s'étaient passées autrement ? S'il avait vu son père avant de donner cette interview ? Auraient-ils su dépasser leurs différends ? Se seraient-ils réconciliés avant sa mort ?

Evelyn s'était éloignée avec tact vers la baie vitrée, le temps qu'il absorbe ce qu'il venait d'apprendre.

— Qui était-il pour vous ? demanda-t-il à la jeune femme.

Evie tournait le dos à Matéo. La question aurait pu paraître déplacée. Mais elle n'y vit rien d'autre que ce qu'elle était : celle d'un fils cherchant à comprendre.

— Il comptait beaucoup, reconnut-elle.

— Comment vous êtes-vous rencontrés ?

— Carol et Alan, mes parents adoptifs, me l'ont présenté quand ils ont compris que mon intérêt pour l'histoire de Iondorra n'était pas qu'une tocade. Très tôt, ils ont commencé à remarquer mon potentiel. Les explications données aux autres enfants ne me satisfaisaient pas. Mes aptitudes en lecture dépassaient de loin la moyenne. On a d'abord pensé que c'était parce que j'étais une enfant unique seulement entourée d'adultes. Carol et Alan ne jouaient jamais avec moi. Ça ne les intéressait pas. On leur a conseillé de me faire changer d'air. C'est ainsi qu'à cinq ans, ils m'ont emmenée en vacances à Iondorra.

Son regard se perdit vers le paysage nocturne reflété dans le fleuve.

— Sur place, ils m'ont acheté un guide de voyage pour que j'arrête de les harceler de questions. En une heure, je l'avais terminé. L'ouvrage contenait un segment sur la monarchie de Iondorra. L'histoire d'Isabelle avait piqué ma curiosité. Je voulais en savoir plus. J'avais besoin de comprendre ce qui était arrivé à cette princesse contrainte de quitter son pays et jamais parvenue à destination.

Aucune autre histoire n'avait jamais autant enflammé son imagination.

— Nous avions visité un musée incluant une reconstitution de la chambre d'Isabelle avec d'horribles statues de cire, ainsi que des vêtements et des bijoux restés au palais, censés lui être envoyés une fois qu'elle serait arrivée aux Indes orientales néerlandaises. Ce sont ces objets qui m'ont le plus marquée. J'étais fascinée par ces preuves de l'existence d'une personne des siècles après sa disparition…

Elle se tut, embarrassée tout à coup. Pourquoi lui racontait-elle tout cela ? Elle s'était complètement emballée !

— C'est donc Isabelle qui m'a conduite à votre père. Il est le seul à m'avoir comprise, conclut-elle avec un sourire nostalgique, en espérant que cet aveu ne remue pas le couteau dans la plaie.

Lorsqu'elle se retourna, Matéo, à sa surprise, n'était plus assis dans son fauteuil, mais debout à moins d'un mètre d'elle. Les battements de son cœur s'accélérèrent. Comme en Espagne, son odeur virile lui donnait le vertige. La narguait, presque. L'espoir de quelque chose qu'elle n'était pas censée désirer lui coupait la respiration.

Le regard de Matéo accrocha le sien. Comme pour lui dire que lui aussi la comprenait. Non… qu'elle était spéciale. C'était trop pour elle. Elle tourna la tête, mais il lui saisit doucement le menton et l'obligea à le regarder.

— Je suis heureux que vous ayez eu ça. Que mon père vous ait apporté ce dont vous aviez besoin.

Ce dont elle avait besoin ? Mieux valait ne pas s'aventurer sur ce terrain. Elle se sentait sans défenses quand il était aussi proche d'elle. Il lui parlait de son père, et elle ne songeait qu'à leur baiser. À ses lèvres domptant les siennes. À la tentation inavouée qu'il avait assouvie en l'embrassant, tout en lui donnant envie de plus.

Lisait-il dans ses pensées ? Ses yeux glissèrent vers sa bouche. Le désir flamboya dans leurs profondeurs de jais. Le temps parut se suspendre. Son visage se pencha imperceptiblement, juste assez pour que son souffle balaie ses lèvres. Elle approcha les siennes à sa rencontre, au moment exact où il lui lâchait le menton et reculait, comme pour illustrer la distance qu'il tenait à maintenir entre eux.

Une honte cuisante la submergea. L'histoire se répétait. Elle était la même adolescente naïve face à son premier béguin, humiliée pour avoir interprété la situation de travers. Cela faisait toujours aussi mal. Un sanglot lui monta à la gorge. Elle dépassa Matéo et fila sans demander son reste récupérer son châle et l'octant. Elle devait partir d'ici avant de se ridiculiser encore plus.

— Evelyn, attendez...

Trop tard. Les larmes brouillaient sa vision. Dans sa précipitation, le coffret lui glissa des mains. Il s'ouvrit en heurtant le coin de la table basse et s'écrasa par terre, atterrissant directement sur l'octant qui s'en était échappé.

Le cri horrifié d'Evelyn sortit Matéo de sa stupeur. De justesse, il empêcha la jeune femme de se couper en ramassant un morceau de métal aiguisé. D'autorité, il l'assit sur le canapé et rapporta du bar un fond de verre de whisky qu'il lui fit à avaler. De quoi l'aider à se calmer un peu. Lui aussi était sous le choc.

— Ce n'est rien, Evie, assura-t-il, utilisant pour la première fois son diminutif sans même s'en rendre compte.

— Oh ! non...

Elle leva vers lui des yeux éplorés.

— Je suis désolée. Je ne... Je suis tellement désolée...

Il la réconforta comme il put et lui prit l'octant des mains afin d'évaluer les dégâts. Le limbe formant la base de l'instrument était cabossé. Mais le plus grave était sans conteste la fêlure de l'incrustation en ivoire à l'arrière de l'arc. Sa poitrine se serra.

— C'est réparable, dit-il, lui mentant.

Elle secoua la tête.

— Ça n'a pas d'importance. Le problème n'est pas qu'on puisse le réparer ou non...

Elle tendit la main et il lui rendit l'octant. Elle promenait l'index sur la fissure, la mine consternée, quand son doigt se figea. Les sourcils froncés, elle pencha le visage plus près, comme si elle avait remarqué quelque chose.

— Qu'y a-t-il ?

— Je ne sais pas... On dirait un morceau de papier. Pouvez-vous me donner mon attaché-case ?

Il obtempéra. Sous ses yeux, elle sortit une pince à épiler, qu'elle utilisa pour explorer la craquelure dans l'ivoire. Avec dextérité, elle en extirpa ce qui ressemblait à un minuscule rouleau de papier. Il la regarda, interdit, poser l'octant de côté et dérouler le document ancien avec d'infinies précautions. Une mystérieuse série de chiffres apparut.

— Qu'est-ce que c'est ? lui demanda-t-il, soupçonnant déjà la réponse.

Evelyn leva la tête. Sur ses traits, l'excitation avait remplacé le choc.

— Je crois qu'il s'agit de coordonnées.

6

La jeune femme arpentait la pièce, en pleine conversation téléphonique. Ses va-et-vient faisaient chatoyer les sequins de la robe moulant sa silhouette voluptueuse. Impossible de détourner les yeux. Matéo étouffa un juron et jeta un regard mauvais au morceau de papier sur la table basse comme si tout était de sa faute.

— Je comprends, disait Evelyn au téléphone. Oui, je suis d'accord...

Colère et frustration bouillonnaient dans ses veines, privées d'exutoire. Sans s'en rendre compte, lui aussi s'était mis à arpenter le salon tel un lion en cage. *Basta ya.* D'un signe du menton, il indiqua à Evelyn qu'il allait dans sa chambre. Elle hocha distraitement la tête sans interrompre son échange.

La porte fermée, il contourna le lit qui semblait le narguer et passa à la salle de bains, où il s'aspergea le visage d'eau froide. Sans effet. La culpabilité lui vrillait le cœur. Son père avait-il raison depuis le début ? Toutes ces années, il l'avait détesté de poursuivre des chimères au détriment de ses responsabilités. Et toutes ces années, son père aurait été le seul à deviner la vérité ?

Il cogna du poing le marbre du lavabo. Il avait envie de rugir et casser quelque chose. Mais Evelyn était à coté et il ne voulait pas qu'elle entende cela. Evelyn, la seule à avoir soutenu son père.

Et alors ? Cela ne changerait rien au fait qu'il n'avait jamais été là pour lui. Même s'il était venu à sa soirée de lancement en bourse. Cela n'effaçait pas les larmes de sa mère, dévastée par son absence. Ni la blessure d'être relégué au second plan, moins important qu'un mythe auquel personne ne croyait. Mais si le mythe était réel… Si ces coordonnées conduisaient à la preuve que son père avait vu juste… Alors autant aller jusqu'au bout. C'était tout ce qu'il restait de leur relation. Il lui devait d'en avoir le cœur net. Il pouvait s'associer à Evelyn. Établir avec elle un plan d'action. Demain, il irait à son rendez-vous avec Lei Chen et après…

En route pour la chasse au trésor ?

Il avait identifié les coordonnées sur son téléphone pendant qu'Evelyn s'entretenait avec son mystérieux employeur. Enfin, pas si mystérieux que cela. Matéo était prêt à parier qu'il s'agissait du Palais de Iondorra. Mais jamais elle ne l'admettrait, même si elle en avait la permission. Les coordonnées étaient celles d'une île en Indonésie. Elle voudrait y aller, aucun doute là-dessus.

Et lui aussi, à présent. Cela tournait à l'obsession, ce besoin de savoir si son père avait eu raison. Après toutes ces années, avoir la réponse les aiderait peut-être à tourner la page, lui et sa mère.

Il fixa son reflet dans le miroir. Mais tout ce qu'il voyait était Evelyn, frémissante de désir. Un désir si tangible qu'il l'avait senti résonner dans sa chair. Lui aussi la désirait, avec une férocité frôlant la folie. Il n'avait jamais rien éprouvé de pareil. Mais il ne devait pas. Elle était trop innocente. Il l'avait déjà pressenti en Espagne et venait d'en avoir la confirmation. C'était si transparent ! Son corps ne savait pas mentir. Il avait eu mauvaise conscience de lui infliger une telle douche froide.

Mais cela valait mieux que jouer avec ses sentiments en lui donnant de faux espoirs.

Elle était dangereuse pour lui, autant que lui pour elle. Non seulement elle semait le chaos dans sa vie minutieusement réglée, mais elle était trop liée à son père et au mal qu'il avait fait à leur famille. Garder ses distances était la meilleure solution.

Il s'essuya le visage et jeta la serviette avec humeur. Garder ses distances, d'accord. Mais comment ? Il le voyait venir à des kilomètres : elle s'attirerait des ennuis si elle partait seule en Indonésie. Ils devaient convenir d'un plan ensemble, décida-t-il en quittant la salle de bains pour regagner le salon. Il en parlerait à Evelyn et...

Il s'arrêta net. Personne dans la pièce.

La jeune femme était partie.

Evie remercia le chauffeur et descendit du taxi. L'imposant bâtiment devant elle ressemblait plus à un aéroport qu'à une gare ferroviaire. Elle aurait pu prendre un avion le lendemain. Mais elle n'avait pas voulu attendre. Et pas seulement parce qu'elle avait détroussé Matéo – une fois de plus. Elle était partie avec l'octant et le carnet, sachant qu'elle en aurait besoin une fois arrivée à destination. Matéo ne le lui aurait jamais laissé. Pas très moral, tout cela. Mais ce n'était pas la seule raison.

La scène tournait en boucle dans sa tête. Matéo reculant alors qu'elle essayait de l'embrasser. Et ce regard dans ses yeux... Il n'avait aucun désir pour elle. C'était aussi simple que cela. Elle avait pris sa décision à ce moment-là. Elle préférait encore son mépris à sa pitié, et espérait qu'il ait au moins la décence de la laisser partir.

Elle entra dans la gare, dédale tentaculaire où, Dieu merci, des panneaux en anglais l'aidaient à se repérer. Evie fendait la foule au pas de course, sans se soucier des têtes qui se tournaient sur son passage. Son sac ne contenait que sa trousse de toilette et quelques vêtements jetés pêle-mêle. Elle n'avait même pas pris le temps de se changer. Animée par un sentiment d'urgence, elle jaillit sur le quai et sauta dans le train, où elle trouva rapidement sa cabine.

Elle fuyait en avant, elle en avait conscience. La honte, l'embarras, c'était une chose. Mais être à nouveau rejetée ainsi... Cela faisait tellement mal ! Elle avait essayé de minimiser l'incident avec Jérémy, le garçon de Cambridge. Un rite de passage incontournable de l'adolescence. Elle avait aussi espéré que les moqueries et le quasi-exil de la part de ses collègues suite à ses recherches avec le professeur finiraient par s'essouffler. En vain. Autant de choses qui s'amoncelaient depuis des années et menaçaient aujourd'hui de l'engloutir. Elle avait juste... besoin d'air.

Elle posa son sac et se laissa choir sur la couchette du bas. Un lit superposé dans une cabine aussi exiguë ? Elle suffisait tout juste pour elle seule, avec sa petite table coincée entre la couchette et un fauteuil, et sa minuscule salle de bains où elle troquerait sa robe de soirée contre une tenue de ville après le départ du train. En attendant, ses émotions prirent le dessus et une larme roula sur sa joue, qu'elle essuya du revers de la main. Elle allait craquer pour de bon quand on frappa à la porte. Elle sortit son ticket et ouvrit.

— Bon sang, Evelyn, à quoi jouez-vous ?

Matéo, toujours en smoking, emplissait le cadre de sa haute stature. Une annonce inintelligible grésilla dans le haut-parleur, qu'Evie ne comprit pas. Son sang ne fit qu'un tour. Il était venu l'arrêter. Comme tous les autres, il la sous-estimait. Et elle en avait plus qu'assez.

— Je ne joue pas, je suis les coordonnées. Qu'allez-vous faire ? M'en empêcher ? Allez-y, le défia-t-elle. Osez me dire que c'est pour mon bien.

Une lueur dangereuse s'alluma dans ses yeux noirs.

— Vous vous éclipsez en pleine nuit...

— Il n'est même pas 22 heures, Matéo.

— Sans me prévenir...

— Je n'ai pas à le faire ! s'écria-t-elle, sortant de ses gonds.

— Ni vous inquiéter de votre sécurité...

Elle eut un rire incrédule.

— Le train est beaucoup plus sûr que l'avion.

— Je ne parlais pas du moyen de transport, tonna-t-il en s'avançant dans la cabine, l'obligeant à reculer. Vous pensiez vraiment pouvoir disparaître avec ce qui ne vous appartient pas ? L'octant est à moi. Le carnet aussi. Je suis plongé là-dedans autant que vous, sinon plus. Maintenant, rentrons à l'hôtel et voyons ensemble comment nous rendre à ses fichues coordonnées.

— Parce que vous voulez y aller ? bredouilla Evie avec stupéfaction.

— Évidemment. Je...

Cette fois, ce ne fut pas Evie qui l'interrompit, mais la brusque embardée du train quittant la gare. Projetée en avant, elle s'aplatit contre son torse. Matéo se raccrocha d'une main à la couchette supérieure, tandis que son autre bras l'enveloppait pour l'empêcher de se faire mal. D'instinct, Evie se cramponna à sa veste de smoking. Le cœur de Matéo cognait contre sa joue. Elle retint son souffle, puis le relâcha en une longue expiration.

L'espace d'un merveilleux instant, ils restèrent ainsi, enlacés. L'odeur de Matéo la troublait. Mais moins que son étreinte protectrice. À quand remontait la dernière fois que quelqu'un l'avait serrée dans ses bras ?

Elle l'entendit jurer dans sa barbe. Mortifiée, elle se dégagea aussitôt. Ce n'était qu'un accident. Inutile de se faire un film.

— Nous descendrons au prochain arrêt, décréta Matéo comme rien ne s'était passé.

Evie se mordit la lèvre.

— Un problème ?

— C'est que le prochain arrêt...

— Oui ?

Elle soutint son regard orageux.

— C'est Hong Kong. À huit heures d'ici.

Matéo tapait un message pour Henri d'un doigt furieux. Dieu sait ce qu'il devrait faire pour rectifier le tir avec Lei Chen. Il détestait décevoir les gens. De toute sa vie, il n'avait jamais manqué un seul rendez-vous. Son sang bouillait dans ses veines. Evelyn s'était enfermée dans la salle de bains. Il n'avait que son téléphone sur lequel se défouler.

Son message suivant fut pour son assistant, à qui il donna l'ordre de récupérer ses affaires à l'hôtel ainsi que son passeport, et d'envoyer une voiture le chercher à son arrivée à Hong Kong. À l'issue d'une négociation tendue avec le contrôleur, il s'était vu infliger une amende, et avait été contraint d'acheter un billet pour la cabine. Et uniquement après que l'employé se fut assuré qu'Evelyn n'avait aucune objection. Elle avait hésité, il l'avait lu dans son regard hostile. Mais elle avait fini par donner son assentiment et le contrôleur l'avait autorisé à occuper la dernière place libre du train bondé.

Il se laissa aller dans l'étroit fauteuil et jura en se cognant l'épaule contre la cloison du placard servant de salle de bains. Un scotch jaune barrait la couchette supérieure, avec une inscription qu'il supposait vouloir dire « hors service ». Raison pour laquelle le contrôleur avait eu besoin de la permission d'Evelyn.

Un seul lit.

Évidemment.

La jeune femme émergea de la salle de bains dans un nuage de vapeur. Elle s'était changée, Dieu merci. Cette robe rouge semblait avoir été conçue spécialement pour le rendre fou. Il cilla plusieurs fois. Ses lentilles étaient sèches et lui irritaient les yeux. Le lendemain, il serait au supplice.

Elle le regarda et soupira.

— Je suis désolée pour votre rendez-vous. Mais ce n'est pas de ma faute.

— Ah non ? Si vous m'aviez dit où vous alliez...

— Matéo, le coupa-t-elle d'un ton sévère. Je n'ai pas envie de me battre là-dessus pendant les huit prochaines heures.

Dommage. Il aurait apprécié la distraction. Se battre avec Evie plutôt que contre le désir pulsant dans son aine. Cela lui apprendrait à imaginer la jeune femme nue sous la douche.

Elle s'assit en face de lui sur la couchette du bas, la table logée entre eux. De nouveau, il cligna les yeux pour tenter de lubrifier ses lentilles. Elle le scruta avec attention, avant d'ouvrir son attaché-case et fouiller à l'intérieur jusqu'à trouver ce qu'elle cherchait.

— Tenez. Elles devraient faire l'affaire.

Elle posa une paire de lunettes sur la table. Matéo les fixa comme s'il avait affaire à un animal venimeux. C'était celles de son père. Sa confusion dut se voir car elle ajouta :

— Vous avez la même correction. Il me l'a dit une fois.

Un sourire mélancolique flotta sur ses lèvres.

— « Myope comme une taupe, autant l'un que l'autre », cita-t-elle en imitant l'intonation de son père à la perfection. Il les perdait sans arrêt. Alors j'ai pris l'habitude d'avoir toujours une paire de secours sur moi. En venant à Shanghai, je voulais...

Elle ne termina pas, haussant les épaules comme si c'était une bêtise.

Elle voulait que son père soit un peu là avec elle, devina

Matéo. Il hocha la tête et prit les lunettes. Les refuser dénoterait un entêtement puéril qu'il n'était pas prêt à lui concéder.

— Merci, dit-il à contrecœur.

Elle accepta ses remerciements avec la même réticence.

Il y eut un moment de flottement, puis elle sortit un carnet de son attaché-case. Pas celui de son père, le sien, dans lequel elle se mit coucher des notes. La voir faire cela avait quelque chose d'à la fois étrange et doux-amer. Il ne l'avait jamais rencontrée en tant qu'assistante de son père. Il les imaginait sans peine tous les deux, travaillant épaule contre épaule. Ses confidences à Shanghai lui avaient ouvert les yeux sur ce que poursuivait vraiment son père dans sa quête d'Isabelle. Il était moins sûr de ce qui motivait Evelyn. À l'évidence, elle s'identifiait à la princesse. Mais était-ce vraiment la seule raison ?

— Vous avez dit...

Il chercha ses mots. Il abordait un sujet délicat. Mais peut-être mieux cerner la jeune femme le guérirait-il de cette inexplicable fascination qu'elle exerçait sur lui.

— Vous avez dit que mon père était le seul à vous comprendre. Et vos parents adoptifs, Carol et Alan ?

Son stylo s'immobilisa. Elle se raidit, avant de relâcher les épaules. La table faisait à peine une quarantaine de centimètres de large. Si proche, il distinguait la moindre fluctuation dans ses yeux. Elle hésitait à lui répondre. Son débat intérieur prit fin lorsqu'elle murmura :

— Non, je ne crois pas qu'ils m'aient jamais vraiment comprise. Alan est un inventeur à la retraite avec plusieurs brevets à son nom. Carol est femme au foyer.

Une certaine tension sous-tendait sa voix. Une volonté de compartimenter. Elle les évoquait sans chaleur, avec pragmatisme plutôt qu'au travers d'anecdotes amusantes. Un peu comme on présenterait officiellement ses parents à un cocktail... mais sans le cocktail. Ni les parents. Si on l'avait questionné sur sa mère, il se serait plaint d'un millier de choses, mais avec le sourire et beaucoup d'amour. Tout cela était absent chez Evelyn. Une absence qui en disait long sur ce qu'elle n'avait jamais reçu.

— Vous n'étiez pas heureuse avec eux ?

Evie se surprit à vouloir être sincère. Dire la vérité était une chose. Mais être sincère ? Sur un sujet aussi personnel ? Cela ne lui ressemblait pas.

— Ils m'ont donné beaucoup plus que je n'aurais pu espérer, dit-elle en baissant les yeux. Mais ils n'ont pas l'habitude de...

Tiraillée entre sa loyauté envers les personnes qui l'avaient recueillie et envers elle-même, elle peinait à exprimer sa souffrance d'avoir grandi sans réelle affection.

— Ils ne sont pas du genre à plaisanter et raconter des histoires à table. Ni à vous rendre visite chaque semaine et vous inviter à dîner le week-end.

Autant de choses qui lui avaient manqué.

— Je compte pour eux, je le sais. Mais montrer leurs sentiments n'est pas naturel chez eux. Pas seulement avec moi. Ils sont comme ça avec tout le monde.

— Vous n'êtes pas tout le monde, Evelyn. Vous êtes leur fille, insista Matéo avec douceur.

Elle n'osa pas le regarder. Elle ne voulait pas voir la compassion dans ses yeux, qui lui rappellerait trop le professeur. Ce dernier avait beau essayer de ne pas critiquer ses parents, il ne pouvait s'en empêcher. Sa solidarité lui mettait du baume au cœur. Personne d'autre n'avait jamais pris sa défense avant. Mais lorsqu'elle se décida à lever la tête, la colère dans les yeux de Matéo lui fit ressentir plus que du réconfort. Pour la première fois, elle avait le sentiment d'être spéciale.

— Ils me donnent ce qu'ils sont capables de donner. J'accepte leurs limites et n'attends rien de plus, conclut-elle.

— N'avez-vous jamais eu envie de chercher vos parents biologiques ?

Elle regarda par la fenêtre, vers l'obscurité au-delà. Ses séances, enfant, avec la psychologue resurgirent. Elle avait été ébahie de découvrir que vouloir être choyée, vouloir être aimée, n'était pas quelque chose de honteux. Que ce n'était pas être ingrate ou désespérée que de rechercher ce qui lui manquait. Oui, peut-être aurait-il été logique de souhaiter retrouver ses vrais parents. Mais après des années à apprendre à mettre des mots sur ses émotions, à les disséquer et à les apprivoiser, elle avait compris qu'elle en était incapable. Affronter la possibilité que les gens qui l'avaient abandonnée puissent ne pas vouloir la rencontrer était au-dessus de ses forces. Et s'ils n'avaient aucun regret ? Si chaque jour, ils remerciaient le ciel qu'elle ne les ait pas retrouvés ? Elle avait suffisamment souffert. Son cœur ne se remettrait pas d'un nouveau rejet.

Elle soupira et se tourna vers Matéo qui la dévisageait dans l'expectative. Au lieu de répondre, elle le questionna à son tour :

— Pourquoi avez-vous cessé de parler à votre père ?

Le langage corporel de Matéo aurait presque pu lui échapper. L'émotion fugitive sur ses traits. L'accroc dans sa respiration. La légère crispation de ses épaules.

— Parce que j'en avais assez de l'attendre. Je n'arrivais plus...

À lui aussi, les mots manquaient pour exprimer la même blessure. Celle d'un enfant incertain de recevoir ce dont il avait besoin. Car c'était bel et bien un besoin qui, non satisfait, laissait de profondes séquelles.

— Mais Evie...

Sa main couvrit la sienne sur la table.

— Je le regrette tellement... Je le regrettais déjà avant que vous me parliez de la soirée à New York. Je m'en veux d'avoir laissé passer ma chance.

Mais, vous, vous avez encore le temps, lut-elle entre les lignes.

— Ne laissez pas la peur vous freiner dans votre quête de réponses, Evie.

Chaque mot qu'il prononçait lui perçait le cœur. Elle secoua la tête. Elle ne voulait pas admettre qu'il puisse avoir raison. Car dans ce cas...

— Si j'apprends que mes parents biologiques n'ont aucun désir de me connaître... Qu'ils se portent mieux sans moi dans leur vie... Je ne crois pas pouvoir y survivre, confessa-t-elle.

Cette blessure intime dont elle avait toujours su s'éloigner la rattrapait ce soir avec la force d'un tsunami. Et dans son sillage déferlaient toutes les autres qui s'étaient accumulées dans son cœur. Le garçon de Cambridge. Ses pairs qui lui avaient tourné le dos. Matéo. Avouer ses sentiments, c'était se rendre vulnérable et s'exposer au rejet. Des années plus tôt, elle s'était fait une promesse : plus jamais elle ne quémanderait d'être aimée.

Une promesse qui ployait sous le regard pénétrant de Matéo. Derrière les lunettes, ses yeux semblaient sonder son âme jusque dans ses recoins les plus secrets. *Raison de plus pour tenir parole.*

Elle baissa la tête sur son carnet, incapable de soutenir ce regard. Il était tard, et ils n'avaient pas encore dîné. Evie n'avait pas faim. Mais ils devraient bien s'alimenter à un moment ou à un autre.

— Je pensais aller chercher quelque chose à manger au wagon-bar...

— J'y vais, proposa Matéo en se levant.

Si précipitamment qu'il se cogna la cuisse contre la table et grimaça de douleur. L'excuse tombait à pic, cela n'aurait pas pu être plus limpide. Quant à elle, elle était censée relire ses notes sur Isabelle et Loriella, non ? Pas faire ami-ami avec Matéo. Les mots dansaient devant ses yeux tandis qu'il quittait la cabine. À peine la porte se referma-t-elle qu'elle se laissa aller et fondit en larmes.

Matéo se maudissait en revenant du wagon-bar. Il n'aurait jamais dû lui poser cette question. Tout cela pour quoi ? Assouvir sa curiosité ? Consolider ses défenses aux dépens de celles d'Evie ? C'était un coup bas, même pour lui. D'ailleurs, ne l'avait-il pas rejetée, lui aussi, à l'hôtel ? Il savait ce qu'elle voulait et l'avait repoussée. En essayant de la protéger, il n'avait réussi qu'à la blesser davantage. De sa main libre, il ouvrit tant bien mal la porte, une pile de barquettes de nourriture en équilibre instable dans l'autre. Evie s'était endormie, la tête posée sur un bras, lui-même étalé en travers d'un carnet couvert d'une élégante écriture cursive. Sereine après les effusions qui l'avaient chassé de la cabine.

Avec un soupir, il posa les boîtes et enleva sa veste de smoking. Il ne pouvait pas la laisser ainsi. Elle serait tout ankylosée à son réveil. Tout ce qu'il avait à faire était de l'allonger sur sa couchette. Il l'entoura de ses bras et la transféra vers le lit. Mais alors qu'il l'y déposait, elle se blottit contre lui en s'accrochant à sa chemise. Le bloquant dans une position inconfortable, à demi contorsionné entre les deux couchettes. S'il ne voulait pas finir cassé en deux, la seule option était de s'étendre près d'elle. Son corps savait ce qu'il voulait. Et pour une fois, Matéo choisit de l'écouter.

D'un pied, il ôta une chaussure, puis fit pareil pour l'autre, avant de s'allonger avec précaution sur la couchette. Evie noua un bras autour de sa taille, la joue posée sur son torse. Au fond, pourquoi ne pas en profiter ? Il pouvait bien dormir quelques heures avec une jolie femme lovée contre lui. Il l'avait bien mérité. Après s'être assuré qu'elle était toujours assoupie, il fit glisser une longue mèche brune entre ses doigts. Aussi soyeuse qu'elle en avait l'air. Il imagina sa main plongeant dans ses cheveux tandis que la jeune femme s'abandonnait, le cou livré à ses lèvres. Il sentait encore son goût d'agrume sur sa langue...

Cristo, qu'est-ce qu'il lui arrivait ? Evie était bien trop innocente. Elle était aussi fragile émotionnellement, à cause des personnes mêmes qui auraient dû la protéger. Cela le rendait malade. Et il ne songeait qu'au sexe ?

Evie remua contre lui dans son sommeil. Il ravala sa frustration. En bougeant le moins possible, il tendit la main vers le carnet sur la table. Celui d'Evie. Quitte à se lancer dans une chasse au trésor, autant être préparé. Les lunettes qu'elle lui avait prêtées lui permettaient de lire sans problème. Elle avait raison : il avait bien la même correction que son père. Même cela, il l'ignorait. Des questions étaient griffonnées dans les marges. Qu'en penserait le professeur ? Aurait-il la même interprétation qu'elle ? Dans ces pages, Matéo découvrait une étudiante bouleversée par la perte de son mentor, qui s'efforçait d'avancer en cherchant sa propre voie. Seule, sans aucun soutien de la part du monde universitaire. Il en fut remué malgré lui. D'instinct, il resserra son étreinte autour d'elle.

Evie émergeait difficilement, le drap serré dans son poing. Elle se sentait le cœur à vif. Une étrange chaleur l'enveloppait. L'odeur saturant ses sens était boisée, légèrement salée, relevée d'une note d'épices. Une odeur familière, qu'elle ne parvenait pas à resituer dans son état de demi-léthargie, mais qui éveillait en elle un désir lancinant. Elle remua les jambes afin d'atténuer la sensation et s'immobilisa en sentant ce qui ressemblait à... d'autres jambes ?

Ses yeux s'ouvrirent d'un coup. Ce n'était pas le drap qu'elle triturait entre ses doigts, mais une chemise en soie de première qualité. Son autre main était calée entre sa joue et le torse de Matéo. Une douce pression s'exerçait dans ses cheveux. Dans le reflet de la vitre, elle se découvrit à demi allongée sur Matéo, qui lui maintenait la tête d'un geste tendrement possessif.

Seigneur. Surtout, ne pas bouger. Il ne manquerait plus qu'il se réveille et la trouve dans cette position compromettante ! Son visage était tourné vers le mur et son menton effleurait le sommet de sa tête. Son bras pendait hors de la couchette, ses lunettes en équilibre instable au bout de ses doigts, juste au-dessus de son carnet qui gisait par terre. Elle avait dû s'endormir sur la table, supposa-t-elle. Mais cela n'expliquait pas ce qu'elle faisait affalée sur Matéo.

Le cœur de ce dernier cognait contre son oreille. Ses battements étaient puissants et réguliers. Un métronome inflexible que rien ne perturbait. À l'image de Matéo. C'était l'impression qu'il lui faisait : puissant et implacable. Cette force tranquille la fascinait. Elle en avait eu un avant-goût juste avant qu'il l'embrasse en Espagne. Un avant-goût assez addictif pour qu'elle en redemande. Son souffle se raccourcit. Ses seins enflés de désir appuyaient contre son flanc, leurs pointes douloureusement tendues. Lui seul pourrait les apaiser… Mais ne le ferait pas. Il l'avait repoussée à l'hôtel, retranché derrière ses défenses. Se complaire dans ses fantasmes d'adolescente était le meilleur moyen de finir le cœur brisé.

Matéo bougea sous elle, et le bras qui pendait de la couchette vint l'enlacer étroitement. Un petit cri de surprise lui échappa. Il lui marmonna de se rendormir. C'était tentant. S'assoupir dans les bras de Matéo, blottie dans sa chaleur, bercée par des rêves de ce qui se passerait à leur réveil…

Elle n'en eut pas l'occasion. Au même instant, le train commença à ralentir.

— Que se passe-t-il ? demanda Matéo d'une voix groggy.

— Nous sommes arrivés à Hong Kong.

7

Comme prévu, une voiture les attendait à la gare, qui les conduisit à un petit aéroport privé. De là, ils s'envolèrent pour les Moluques, en Indonésie, à bord d'un jet mis à leur disposition par l'employeur d'Evelyn. Un autre moyen de transport les emmènerait ensuite au lieu des coordonnées. En l'occurrence, un yacht luxueux doté de trois suites tout confort, un jacuzzi, une coquerie et son propre personnel de bord, d'une valeur que Matéo n'avait aucun mal à estimer.

— Vous avez besoin d'un plan, Evelyn.

La jeune femme, debout sur la jetée, contemplait bouche bée le bateau rutilant sous le soleil au zénith.

— J'en ai un, répondit-elle en confiant son attaché-case à une hôtesse en uniforme blanc.

— Vraiment ?

— Oui. Ce yacht va nous emmener à l'île indiquée par les coordonnées.

— Un caillou inhabité, le plus sauvage des îles Kei, pointa Matéo. Et si le temps se dégrade ?

— Le bateau est équipé d'excellents stabilisateurs, monsieur, l'informa l'hôtesse.

Matéo la remercia du bout des lèvres. Il se serait passé de son intervention.

— Pourquoi compliquez-vous les choses ? demanda Evelyn.

— Parce que, pour un génie, vous ne réfléchissez pas beaucoup. Vous avez besoin d'une base opérationnelle d'où effectuer vos recherches et rassembler des informations avant d'aller sur le site.

— On croirait entendre votre père…

— Par pitié.

La jeune femme soupira.

— Le yacht sera ma base opérationnelle. Il nous suffira d'amarrer… accoster ?

— Jeter l'ancre, mademoiselle, clarifia l'hôtesse.

— Merci. De jeter l'ancre le plus près possible des coordonnées. De là, j'évaluerai la situation.

Matéo leva les yeux au ciel avec irritation.

— Dites-moi, continua-t-elle. Quand vous vous êtes incrusté de force dans cette quête qui dure depuis vingt ans pour moi et vingt-quatre heures pour vous, pensiez-vous que vous alliez soudainement prendre le contrôle ?

— Quoi ? Non, pas du tout, protesta-t-il.

Mais peut-être y avait-il un peu de cela.

— Je suis désolée de vous avoir fait manquer votre rendez-vous, Matéo. Alors si vous préférez…

Elle s'interrompit comme il comblait la distance entre eux. Il se pencha vers elle, pas pour l'intimider, mais pour bien se faire comprendre. Son corps était en effervescence du seul fait de se tenir aussi proche d'elle. Peut-être parce qu'ils avaient dormi les six dernières heures dans le même lit. Il fit comme si de rien n'était.

— Je viens avec vous, décréta-t-il d'un ton sans réplique.

— Je…

— Pour une raison toute simple que vous semblez oublier. Ceci m'appartient, ajouta-t-il en lui prenant des mains le carnet de son père.

Là-dessus, il la contourna pour monter la rampe donnant

accès au yacht. À bord, une volée de marches conduisait au salon inférieur. Bois et cuir s'y mariaient avec un goût exquis. Le capitaine en personne l'attendait devant une somptueuse cabine ne comptant pas moins de dix fenêtres.

— Mlle Edwards a suggéré que vous logiez ici durant votre séjour à bord, l'informa-t-il avant de s'éloigner.

Matéo jeta sans ménagement sa valise sur le lit. Pourquoi cela le contrariait-il autant qu'elle cherche à le mettre de côté ? Son ego était assez solide pour y survivre, même s'il le prenait mal. Et non, ce n'était pas une question de contrôle. Il ne voyait aucun problème à ce qu'elle mène l'expédition. C'était son univers. Elle avait les connaissances et l'expérience requises. Mais il était investi, lui aussi. Il avait à cœur de valider le travail de son père, et aussi celui d'Evelyn. Il voulait faire ravaler à tous leurs détracteurs l'avanie qu'ils leur avaient fait subir. À tel point qu'il en avait complètement oublié de rappeler Henri à propos de Lei Chen.

Une heure plus tard, douchée et changée, Evie se présentait au salon supérieur pour le déjeuner. À sa surprise, l'assistant de Matéo avait fait envoyer une valise entière de vêtements pour elle. Elle l'avait ouverte avec circonspection, inquiète de ce qu'elle allait trouver en termes de taille et de style. Mais Matéo avait l'œil. Ou peut-être essayait-il de se racheter ? Quoi qu'il en soit, elle lui était reconnaissante. Il y avait assez de vêtements pour une semaine, adaptés à toutes les occasions, y compris le travail de terrain. Parmi eux, la robe longue verte à bretelles croisées lui avait tapé dans l'œil. Elle ceignait sa poitrine et sa taille, puis ondoyait autour de ses jambes d'une façon qui la faisait se sentir belle et féminine. Evie l'avait associée à une jolie paire de sandales compensées. Typiquement le genre de chaussures qu'elle-même aurait acheté.

Devant le miroir, la caresse du tissu sur ses hanches lui avait rappelé la main de Matéo la retenant contre lui. Sa peau s'était enfiévrée et une bouffée de désir l'avait assaillie. Elle se serait changée si elle n'avait pas été attendue. Une douce brise chauffait ses épaules dénudées tandis qu'elle s'avançait vers la table, dressée pour deux sur une nappe d'un blanc immaculé. Bien sûr, elle n'attendait aucune réaction de la part de Matéo, qu'elle trouva appuyé contre le bastingage, le regard perdu vers l'horizon.

Son cœur manqua un battement. Il était sexy en smoking. Mais en chemise blanche et pantalon en lin clair, il était à se damner ! Le vent jouant avec ses boucles noires accentuait son côté décontracté. Sa puissante carrure ne laissait pas de l'impressionner et lui donnait envie d'être serrée dans ses bras à nouveau. Puis elle remarqua la raideur de sa posture, comme s'il ployait sous un poids invisible. Evie réprima un sourire. Le professeur était pareil quand il n'obtenait pas ce qu'il voulait. Il avait l'air d'un enfant boudeur. Il n'y avait rien d'enfantin chez Matéo. Mais ces petites ressemblances en dépit de leur éloignement, forcément héréditaires, la fascinaient. Avant que ses pensées ne dérivent sur sa propre hérédité, elle revint sur ce qu'elle lui avait dit plus tôt, quand elle l'avait accusé de s'être incrusté de force. Elle le pensait. Mais secrètement elle se réjouissait de sa présence. Pas seulement parce qu'il était le fils du professeur Marin. Plutôt parce qu'il était... lui. Soudain, elle mesurait l'ampleur de sa solitude, ces deux dernières années.

Elle s'approcha de la table où Annie, la steward qui les avait accueillis, emplit deux verres de vin blanc avant de s'éclipser.

Evie sentit l'attention de Matéo se porter sur elle. Comme si sa main avait effleuré son bras. Elle frissonna sous cette caresse imaginaire. Avait-il la moindre idée de l'effet qu'il avait sur elle ? Il n'aurait tout de même pas la cruauté de s'amuser avec elle de cette façon, surtout après l'avoir repoussée à Shanghai ? Le désir céda la place au dépit. Malgré ses belles promesses, elle retombait dans ses vieux travers. Elle courait après quelqu'un qui ne s'intéressait pas à elle.

Sa poitrine se serra. Elle ignora la sensation et s'assit à table. Une délicieuse sélection de poissons était proposée : fumé, grillé, rôti. Mais son appétit s'évanouit à la seconde où Matéo s'installa en face d'elle. Son pouls s'emballa et des braises s'allumèrent dans son ventre. À croire que son corps était programmé pour réagir à leur proximité physique. Elle se rappela aussitôt à l'ordre. Elle était là pour une mission précise. C'était là-dessus qu'elle devait se concentrer. La reine avait décidé de ne pas parler à son père des coordonnées trouvées dans l'octant avant qu'Evie n'ait mené une enquête plus approfondie. L'excitation la gagna. Elle le tenait enfin ! Cet indice concret qui la conduirait peut-être à la preuve que le professeur avait si longtemps cherchée.

Et toi, que cherches-tu ?

Evie chassa cette question et prit le verre que Matéo lui tendait, en ayant soin d'éviter tout contact accidentel.

— Que croyez-vous que nous trouvions ? demanda-t-il en sirotant son vin, adossé à sa chaise.

Sa détermination se sentait à présent qu'il avait décidé de suivre la piste découverte dans l'octant. Matéo était vraiment avec elle dans cette aventure, ce qui les rapprochait, d'une certaine façon.

— Sur l'île ? aucune idée, admit-elle.

Son appétit perdu, peut-être ?

— J'espère un ducaton, un stuiver ou un florin, les pièces utilisées par la VOC. Ou avec beaucoup de chance, un bijou qu'on puisse relier à une personne spécifique.

— C'est tout ?

— Comment ça, « c'est tout ? » Ce serait énorme ! Nous

ne sommes pas dans un film, Matéo. On ne tombe pas par hasard sur une caverne aux trésors.

— Ou un bateau de pirates.

Evie s'autorisa un sourire.

— Ou un bateau de pirates. À vrai dire, je doute qu'il reste grand-chose à découvrir après plus de deux siècles et demi. Si nous trouvons quoi que ce soit, ce sera déjà un miracle.

— Vous êtes excitée, observa-t-il.

— Pas vous ?

Matéo ne pouvait le nier. Lui aussi la sentait, cette adrénaline courant dans ses veines. Un mélange de fébrilité et… oui, d'espoir. Le même qui brillait avec intensité dans les yeux de la jeune femme. Ou dans ceux de son père autrefois.

— Vous lui ressemblez…

Les mots lui avaient échappé. Il le pensait. Il se rappelait la joie presque enfantine de son père. Sa passion contagieuse. En écoutant ses récits de pirates et de princesses, il n'avait qu'une envie, partir à l'aventure avec lui. Enfant, il rêvait de chasses au trésor et de duels à l'épée qu'il mettait en scène dans ses jeux, encouragé par ce père capable de transformer l'Histoire en épopée exaltante.

— Si nous devions trouver quelque chose, qu'aimeriez-vous que ce soit ? demanda-t-il, parce qu'il aimait la voir dans cet état d'esprit.

Et pour retrouver un peu son père à travers elle.

— Je ne sais pas… Peut-être du sens à ce qui les unissait.

— À ce qui unissait qui ?

La jeune femme se mordit la lèvre, semblant regretter d'en avoir trop dit.

— Evie ? insista-t-il doucement.

Elle se jeta à l'eau.

— Je pense que Loriella et son second étaient mariés, expliqua-t-elle.

— Je n'ai pas souvenir que mon père ait jamais parlé de ça.

— Non, ce n'était pas sa théorie.

— C'est la vôtre, en déduisit Matéo.

— Oui.

Il attendit patiemment qu'elle se décide à lui exposer sa thèse sur Isabelle. Son silence était un défi.

— Vous ne vous rendez pas compte, dit-elle en se rembrunissant. J'ai été assez discréditée pour avoir aidé le professeur Marin dans ses recherches. Alors si on apprend qu'en plus je m'intéresse à une histoire d'amour rocambolesque impossible à prouver, je ne trouverai plus jamais de travail.

Elle prit son verre et but une gorgée de vin.

— Il n'y a que moi ici, fit valoir Matéo, persuadé que cette histoire était la clé pour comprendre Evelyn Edwards.

Elle soupira et tourna les yeux vers la mer. Cette mer de Chine que, selon elle, la princesse Isabelle avait sillonnée, en guerre contre son ex-fiancé et les injustices commises par la VOC. Était-ce à cela qu'elle pensait, en cet instant ?

— Je crois qu'après avoir survécu à l'attaque de son bateau Isabelle est devenue proche du second, qui lui a appris les ficelles de la piraterie. Elle lui a prouvé sa valeur, à lui ainsi qu'au reste de l'équipage. Son changement de nom témoigne de sa loyauté envers eux plutôt qu'envers sa famille. Les rumeurs propagées sur elle avaient pour but de la dénigrer et la briser moralement. Mais elle a tenu bon.

Il n'était pas difficile de voir les parallèles ayant, consciemment ou non, rapproché Evie d'Isabelle. Du moins, pour Matéo. La force qu'elle admirait chez la princesse pirate était la même qu'elle-même affichait chaque jour contre les collègues qui l'avaient désavouée et la famille qui l'avait abandonnée. En avait-elle conscience ?

— Vous l'admirez, n'est-ce pas ?

— Bien sûr, répondit-elle. Laissée pour morte par tous, elle n'a pas renoncé. Elle s'est battue et a surmonté un nombre incalculable d'obstacles, jusqu'à diriger l'un des groupes de mercenaires les plus dangereux au monde. Et en trouvant sa voie, elle a aussi trouvé un homme qui la respectait, au lieu de mépriser son sexe et son inexpérience. Un homme qui a choisi de la suivre plutôt que de prendre le pouvoir lui revenant en tant que second. Qui l'a soutenue et lui a fait une place dans sa vie. Ils partageaient tout. Entre eux, c'était un vrai partenariat.

Était-ce de l'envie dans sa voix ? Une autre pièce à ajouter au puzzle qu'il reconstituait peu à peu, au gré des bribes d'information qu'elle égrenait. Un froid s'insinua dans sa poitrine, au même moment où un nuage cachait le soleil. Il le lisait dans ses yeux, clair comme de l'eau de roche. Evelyn aspirait à quelque chose qu'il ne pourrait jamais lui donner. Un gouffre s'ouvrit entre eux, qu'elle parut percevoir aussi.

— Matéo ?

— Ce n'est rien, éluda-t-il.

— On ne dirait pas, se braqua-t-elle, sur la défensive.

Il comprit qu'elle avait mal interprété sa réserve.

— Ne vous méprenez pas, Evelyn. Je n'ai rien contre votre théorie sur Loriella et son mari, si c'est ce qu'il était.

Il n'aimerait pas qu'elle croie qu'il l'avait encouragée à se confier, seulement pour se retourner contre elle.

— C'est juste que je ne crois pas à ce genre de partenariat idéal. Peut-être ce que vous cherchez chez Isabelle et son second relève-t-il autant du fantasme que...

— Que le trésor ?

La rouge lui monta aux joues, signe d'une tempête imminente.

— Non. Je pense simplement qu'il est naïf de...

— Naïf ?

Cristo. Il s'y prenait comme un manche. Mais l'indignation de la jeune femme l'agaçait. Il était bien placé pour savoir ce qui se passait quand le prétendu grand amour déraillait. N'était-ce pas exactement ce qui était arrivé à ses parents ? La colère l'emporta, nourrie par des années de ressentiment accumulé.

— Oui, naïf, répéta-t-il avec force. Ma mère croyait à ce genre de mariage. Et à quoi ça l'a menée ? Un immense gâchis. Après notre retour en Espagne, elle a pleuré tous les soirs dans son lit pendant un an. Puis il a fallu repartir de zéro. Subir la pitié de sa famille qui était contre son mariage avec un professeur anglais. Faire bonne figure alors qu'elle avait le cœur en mille morceaux. Et vous savez pourquoi elle l'a quitté ? Pas parce qu'elle ne l'aimait plus ou ne voulait plus être avec lui. Elle est partie à cause de moi. Elle ne supportait plus de voir ma déception chaque fois que mon père oubliait un anniversaire ou une occasion spéciale. Chaque fois qu'il bafouait une autre promesse, comme me lire une histoire ou assister à ma remise de diplôme. Alors si c'est ça, le grand amour, je préfère m'en passer, merci.

— Matéo...

Elle voulut lui prendre la main, mais il esquiva, en proie à un maelström d'émotions refusant de rester en cage.

— Vous savez quoi ? Je ne connais aucun mariage qui ait tenu. La mère d'Henri l'a élevé seule. Mon conseil d'administration compte deux divorces et un troisième en instance.

— Carol et Alan sont toujours mariés, remarqua Evelyn.

— Et quel bastion de cette merveilleuse institution, symbole d'amour et d'affection, ironisa-t-il.

Il regretta aussitôt ses paroles en voyant le sang refluer de son visage.

— Evie, je...

Elle se leva, blême et chancelante.

— Si vous voulez bien m'excuser...

Sans finir sa phrase, elle quitta précipitamment le salon.

Matéo se serait giflé ! Il n'avait pas voulu la blesser. Une fois de plus, il avait mis les pieds dans le plat. Pourquoi diable gâchait-il toujours tout avec elle ?

Evie contemplait la mer sans la voir par le hublot, les yeux rougis. Sa conversation avec Matéo, quelques heures plus tôt, avait été une épreuve. Mais plus pour lui que pour elle, avait-elle conclu après réflexion. Oui, ce qu'il avait dit sur Carol et Alan lui avait fait mal. Cependant, elle ne pouvait lui donner tort.

Ce qui l'avait touchée, c'était d'entrevoir le petit garçon meurtri par l'effondrement du mariage de ses parents, conduit à endosser une responsabilité qui n'était pas la sienne. Elle voyait le tableau dans son ensemble, à présent. Une mère qui avait fait de son mieux pour cacher sa peine à son fils, sans y parvenir. Un père si désemparé par le délitement de sa vie de famille qu'il s'était réfugié dans le travail. Et Matéo... Matéo qui s'était replié sur lui-même, fermé au seul remède à même de guérir ses blessures.

Elle imagina sa repartie cynique à son analyse. *Et vous, Evelyn, à quoi vous êtes-vous fermée ?*

Tout. La réponse était sans appel. Soudain, elle revivait tous ces moments où elle s'était mise en retrait pour ne pas prendre le risque de souffrir. Matéo avait-il raison ? Avait-elle laissé la peur l'éloigner de ce qui comptait vraiment pour elle ? Et si ce n'était pas le décès du professeur qui avait mis un terme à ses recherches sur Isabelle, mais la crainte d'endommager irrémédiablement sa réputation ? Si elle avait renoncé à une possible relation avec ses parents biologiques uniquement par peur de leur rejet ? N'était-ce pas encore ce qu'elle faisait maintenant avec Matéo ? Garder ses distances parce que...

Un coup à la porte de sa cabine interrompit ses pensées. Sans doute Annie avec le thé qu'elle avait demandé plus tôt.

— Entrez ! lança-t-elle.

La porte s'ouvrit sur Matéo, col déboutonné et manches roulées sur ses avant-bras, les cheveux en désordre. Le tombeur par excellence, sexy et ténébreux à souhait. Pourquoi ? Pourquoi fallait-il qu'il fasse tambouriner son cœur et lui donne envie de plus ?

— Je suis venu m'excuser.

L'orage dans ses yeux s'était dissipé. Il paraissait sincère.

— Ce n'était pas nécessaire, dit-elle avec une certaine brusquerie.

— J'ai minimisé vos sentiments.

— Et j'ai sous-estimé les vôtres.

Il hocha la tête.

— Ça n'excuse pas ce que j'ai dit à propos de Carol et Alan.

— Merci. J'apprécie.

— Je voulais aussi vous prévenir que nous nous apprêtons à jeter l'ancre.

— Ah bon ? Nous sommes déjà arrivés ? s'exclama-t-elle avec excitation.

Matéo la détrompa.

— Non. Nous sommes aux îles Kei. Je nous y ai réservé deux suites pour ce soir.

— Quoi ? Pourquoi ? Nous devons aller aux coordonnées, Matéo !

Il leva une main péremptoire.

— Evie.

Son nom sonnait comme une supplique. Elle sentit fléchir sa détermination.

— Débarquons pour la nuit et prenons un peu de recul. Qui sait ce que demain nous réserve ?

C'était tentant. Mettre sur pause ce tourbillon d'émotions continu dans son cœur. Mais se retrouver en tête à tête avec

Matéo sur une île n'était peut-être pas le meilleur moyen d'y parvenir.

— Et le personnel de bord ? demanda-t-elle.

— Il reste sur le yacht.

— Je ferais mieux de rester aussi.

Il haussa les épaules.

— Si c'est ce que vous voulez...

Il tourna les talons, à regret, semblait-il. *Si c'est ce que vous voulez.* Ce choix de formulation n'était pas innocent.

— Attendez.

Il se retourna, un sourire aux lèvres. Cette fois, elle lui rendit son sourire.

Evie ne savait quoi attendre de l'île sur laquelle Annie les avait escortés en hors-bord, Matéo et elle. Après une journée en mer à rêver de bateaux de pirates, isolée de tout, elle avait été surprise par l'animation des lieux, entièrement dédiés au tourisme de luxe. La marina regorgeait de yachts semblables à celui à bord duquel ils voyageaient, ou plus extravagants encore. Mais le hors-bord l'avait contournée pour s'amarrer à une simple jetée en bois à l'écart de l'effervescence générale. Matéo l'avait aidée à descendre, et le contact de ses doigts sur les siens l'avait électrisée.

Annie partie, ils avançaient maintenant à travers un écrin de verdure luxuriante. Le soleil couchant baignait l'île d'une chaude lumière dorée tirant déjà sur l'orangé. Matéo regarda par-dessus son épaule pour s'assurer qu'elle suivait et libéra une nuée de papillons dans son ventre. Elle avait apporté quelques affaires pour la nuit, ainsi que son carnet et celui du professeur. Pour la première fois depuis longtemps, elle se sentait apaisée. Elle avait envie de se relaxer et lâcher prise. Matéo aussi, croyait-elle deviner.

Le chemin s'enfonçait entre d'épais bosquets de palmiers. Elle allait demander où ils allaient quand la végétation s'éclaircit soudainement, révélant une plage de sable blanc digne d'un rêve, lapée par les vagues d'une mer azuréenne. Elle poussa une exclamation extasiée. Tout autour de la baie, dispersés à l'écart les uns des autres au cœur des palmiers, se dressaient plusieurs bungalows ouverts aux éléments, coiffés de toits de chaume, leurs corniches ornées de guirlandes lumineuses.

La plage était déserte. Attente et désir frémirent en elle. Elle chercha le regard de Matéo. Allait-elle se heurter à du désintérêt face à ce qui, pour elle, revêtait tant de magie ? Non. Dans ses yeux brillait la même fièvre. La même anticipation à peine contenue. Les mots qu'il prononça firent chavirer son cœur :

— Bienvenue au paradis.

8

Matéo aurait pu décrire chacune des émotions que ressentait Evelyn en admirant la plage au crépuscule. Son visage était si expressif ! Mais c'était l'émerveillement qui dominait. Exactement ce qu'il avait espéré quand il avait demandé à Annie de les déposer sur une des îles Kei pour la soirée. C'était sa façon de se faire pardonner son indélicatesse.

Un palace réputé occupait l'autre extrémité de l'île. Mais cet endroit... Cet endroit était parfait. Il n'allait pas lui avouer qu'il avait réservé l'hôtel entier rien que pour eux. Elle lui reprocherait de jeter l'argent par les fenêtres. Il sourit en son for intérieur. Pour lui, c'était tout sauf du gaspillage. Elle en valait la peine.

Il regrettait amèrement ce qu'il lui avait dit au déjeuner. Ce n'était pas qu'il ne le pensait pas. Mais il n'aurait pas dû l'exprimer tout haut. Encore moins s'attaquer à ses parents adoptifs. Il avait parlé sous le coup de la frustration, après avoir pris conscience de ce qu'ils ne pourraient jamais être l'un pour l'autre. Raison de plus pour se racheter. Les étoiles dans ses yeux étaient la plus belle des récompenses.

Un poids s'envola de sa poitrine. Enfin, il respirait plus librement.

— Le dîner sera servi sur la plage dans une heure. D'ici

là, vous pouvez vous installer dans votre suite, ou aller vous baigner, ou...

Sa façon de le regarder l'interloqua.

— Quoi ?

— C'est ça que vous appelez prendre du recul ? J'ai l'impression de vivre un conte de fées, lança-t-elle en riant.

Son rire mourut sur ses lèvres, comme si elle regrettait ce qu'elle venait de dire. L'estomac de Matéo se noua. Son sourire le rassura.

— Merci, murmura-t-elle.

L'espace d'une seconde, il crut qu'elle allait l'embrasser sur la joue. Il n'avait rien contre. Mais elle le dépassa pour se diriger vers les bungalows. Il lui emboîta le pas, hypnotisé par sa démarche chaloupée et l'empreinte de ses sandales compensées dans le sable. Il la suivit jusqu'à ce qu'elle marque une pause, le visage tourné vers la mer, peinant à s'arracher à la vue.

Sa propre réticence à s'arracher à celle qu'elle-même lui offrait le décida à aller s'occuper de l'enregistrement avant de faire quelque chose de stupide. Peut-être était-ce lui qui aurait dû rester sur le yacht, pas Annie.

Evie n'avait jamais séjourné dans un aussi bel endroit, avait-elle dit à la reine Sofia à propos de l'hôtel de Shanghai. Mais ce n'était rien à côté de celui-ci. Matéo avait raison : c'était le paradis. Son regard erra sur le magnifique décor. Il y régnait une douce sérénité. Elle n'avait pas compris à quel point elle avait besoin de cela. La suite de Matéo était située à quelques centaines de mètres de la sienne, en partie dissimulée par la végétation. Elle le savait car elle l'avait épié, cachée derrière un rideau, et vu disparaître à l'intérieur du bungalow, mi-soulagée, mi-déçue par la distance les séparant.

La façade donnait sur la mer, entièrement ouverte. Une brise salée faisait voleter les mèches folles échappées de sa tresse. Derrière elle, des cloisons en roseau créaient une sensation de liberté, tout en préservant son intimité. Une salle de bains complétait l'espace, avec une douche extérieure sur la terrasse en bois entourant le bungalow, à l'abri des regards indiscrets. Le lit à baldaquin au centre de la suite faisait face à la plage, idyllique au crépuscule. Les premières étoiles commençaient à s'allumer dans le ciel. Des employés en uniformes noir et blanc s'affairaient discrètement dehors, sans doute occupés à préparer le dîner.

Les voir lui rappela sa rencontre avec Matéo, trois jours plus tôt. À peine trois jours ! Avant, quand elle pensait au fils du professeur Marin, elle n'éprouvait que du ressentiment pour cet inconnu incapable d'apprécier son père à sa juste valeur. C'était différent, aujourd'hui. Elle avait appris à connaître l'homme qu'il était vraiment. Allait-elle continuer à se voiler la face et à nier qu'il lui plaisait ? Car c'était le cas, même s'il ne croyait pas au grand amour auquel elle aspirait secrètement.

Matéo la désirait, elle en était certaine. Elle le sentait à chaque regard, chaque contact, même insignifiant. Mais il la désirait malgré lui. C'était plus qu'évident. Evie s'élevait contre ce mur qu'il dressait entre eux. Elle voulait le tester. Le mettre à l'épreuve de leur désir mutuel et voir s'il résistait.

Elle passa à la salle de bains se changer. Matéo et elle se cherchaient depuis le début. Au fil de leurs frictions était né quelque chose d'intense. Quelque chose de vivant qui avait besoin de sortir et la rendait téméraire. Jamais l'expression « faire fi de toute prudence » n'avait eu autant de sens. Ses espoirs, ses rêves d'avenir, ils appartenaient à quelqu'un d'autre. À un autre moment. Ce soir, elle était au paradis. Le lieu où s'exauçaient ses désirs les plus inavouables.

N'avait-elle vraiment qu'à demander ?

Juste une nuit.

La notion était excitante. Pour une nuit, Matéo serait plus enclin à se laisser tenter. Et si elle lui proposait cela en sachant pertinemment qu'ils n'avaient aucun avenir ensemble, elle n'en souffrirait pas. Son cœur serait sauf... Non ?

Le tintement d'une clochette la tira de ses réflexions. Surprise, elle sortit sur la terrasse. Son pouls s'emballa. Une estrade en bois était apparue comme par magie sur la plage, dotée de quatre torchères à chaque coin illuminant une table dressée pour deux, décorée de fleurs locales et de coquillages. Debout devant l'attendait Matéo.

Evie se félicita d'avoir pris le temps de se rafraîchir et passer le sarong étalé pour elle sur son lit. Le tissu vaporeux, d'une riche couleur turquoise, était frais sur sa peau brûlante. Elle n'avait jamais rien porté d'aussi agréable. Le regard de Matéo se promena sur elle de haut en bas, sans se presser. Evie se sentait forte – invincible, même. Ce n'est que lorsqu'elle fit un pas sur la plage qu'elle s'aperçut qu'elle avait oublié de remettre ses sandales. Pieds nus, elle s'avança vers Matéo avec assurance. Son cœur battait la chamade en arrivant à sa hauteur. Ses yeux ne l'avaient pas quittée une seconde.

— Vous êtes magnifique, Evelyn.

Ce n'était pas de la flatterie. Il le pensait. Il emplit un verre de vin qu'il lui tendit.

— Où sont les autres clients ? demanda-t-elle.

— Il semble que ce soit juste vous et moi, ce soir.

La table croulait sous une multitude de petits plats, tous certainement exquis. Matéo n'aurait pu en décrire aucun. Evie accaparait toute son attention. D'un accord tacite, ni le professeur, ni les coordonnées ne furent mentionnés. Ils échangèrent des histoires amusantes sur leurs enfances respectives. Pendant l'entrée, Matéo raconta en détail ses quatre cents coups avec Henri au pensionnat. Il n'aurait su dire quand les assiettes furent débarrassées, perdu dans les yeux d'Evie tandis qu'elle l'écoutait, captivée, évoquer sa plus grande réussite : assurer chaque jour la sécurité de sa mère et de ses proches. Il vit à peine passer le plat principal, durant lequel Evie le régala d'anecdotes drôles ou embarrassantes sur ses parents adoptifs. Au moment du dessert, la discussion dévia sur ses fiascos les plus mémorables d'adolescente surdouée cherchant ses marques parmi ses camarades plus âgés.

— Avez-vous le sentiment d'être passée à côté de certaines choses ? questionna-t-il.

— Ça, oui. J'ai été éduquée à la maison jusqu'à mes seize ans, avant d'entrer directement à l'université. Toutes les expériences normales que vous avez eues avec Henri...

— Je ne sais pas si je les qualifierais de « normales », intervint Matéo en riant.

— Peut-être pas, concéda-t-elle dans un sourire. Mais des choses comme aller au bal de promo, rentrer de l'école avec ses amis, échanger des potins, avouer son béguin pour le garçon le plus populaire...

Sa voix se fêla, entre envie et regrets pour ces expériences qu'elle n'avait pas connues. Lorsqu'elle leva les yeux, il comprit qu'ils s'étaient engagés sur une pente glissante. Une lourde sensualité imprégnait l'atmosphère et chaque cellule de son corps brûlait d'y répondre. Une tentation dangereuse, qui leur serait fatale à tous les deux s'ils n'y prenaient garde.

— Il y a certaines choses que...

— Evie.

Il la conjurait de se taire. Il avait découvert tant de facettes d'elle, ces derniers jours. Elle n'était plus seulement l'assistante de son père ou une vulgaire chasseuse de trésor. Elle était Evie, une femme incroyable. Forte. Intelligente. Fière. Une femme qu'il admirait. Il ne voulait pas lui briser le cœur en lui faisant miroiter un avenir qu'il n'avait ni l'intention, ni la capacité de lui offrir. Voilà pourquoi il devait étouffer cette étincelle dans l'œuf.

Mais dans les yeux d'Evelyn couvait un désir qui refusait de se laisser éteindre. L'étincelle était allumée et menaçait de mettre le feu aux poudres.

— Il y a certaines choses que je veux, reprit-elle, la voix tremblante mais ferme.

Sa détermination ébranla la sienne. Il était partagé entre s'en aller et la prendre dans ses bras. Evie décida pour lui en se levant pour contourner la table.

— Et si je ne parle pas maintenant…

Elle fit une pause. Il crut qu'elle ne trouverait pas le courage de continuer. Mais il se trompait. Une fois de plus, il l'avait sous-estimée.

— Si je ne parle pas maintenant, je serai lâche. Je ne veux pas être lâche, assena-t-elle. Je veux être aussi forte qu'Isabelle face aux pirates qui ont attaqué son bateau. Aussi féroce qu'elle quand elle a défendu son équipage contre son fiancé. Je sais qu'il y a un risque que vous me repoussiez, mais…

Elle eut un petit rire.

— Il ne s'agit pas de vous. Je le fais pour moi.

Elle rayonnait en disant cela. Irradiait une glorieuse féminité par tous les pores.

Il se leva et lui prit la main.

— Je vous écoute.

— Je veux que vous m'embrassiez. Passionnément. Que vos lèvres ravagent les miennes jusqu'à me faire tout oublier.

Ses mots sensuels lui inspiraient des images érotiques qui lui tournaient les sens.

— Je veux votre peau sous ma langue et vos mains partout sur mon corps. Je veux que vous me touchiez et m'exploriez et me fassiez perdre la tête.

Evelyn avait la respiration de plus en plus saccadée. Son

souffle chaud se mêlait au sien. *Dios*, il était au bord de l'implosion. Si elle continuait ainsi…

— Je veux que vous assouvissiez ce feu qui me consume et y preniez du plaisir…

Elle posa un index sur ses lèvres lorsqu'il voulut répondre.

— Une nuit, pas plus. C'est tout ce que je veux. Maintenant, vous le savez.

Alors qu'elle tournait les talons, il la saisit par le poignet et l'attira à lui. Enfin, il retrouvait la chaleur de son corps contre le sien De sa main libre, il lui leva le menton.

— Vous voulez être aussi forte qu'Isabelle ?

Elle fit oui de la tête.

— Ne savez-vous pas que vous l'êtes déjà ?

Ils désiraient tous les deux la même chose, désespérément. Alors il capitula et s'empara de sa bouche.

Ses lèvres, comme il l'espérait, s'entrouvrirent dans un soupir de reddition. Ses doigts plongèrent dans ses cheveux pour le maintenir contre elle, comme si elle craignait qu'il disparaisse. Mû par le même instinct, il enroula une main autour de sa nuque. La passion enflammait son être. Conscient de l'inexpérience de la jeune femme, il s'obligea à tempérer ses ardeurs. Il ne ferait pas marche arrière, sauf si elle le lui demandait. Mais il savait qu'il devait y aller en douceur.

— Vous savez ce que vous voulez. Vous y avez réfléchi ici, dit-il en lui tapotant la tempe. Mais ce que vous ressentez là…

Sa main se posa sur sa poitrine.

— Peut-être est-ce différent.

— Si vous me demandez si…

Il la bâillonna d'un autre baiser et pressa son front contre le sien.

— Ne vous vexez pas, Evie. Je ne vous demande pas si vous avez changé d'avis. Je veux juste que vous compreniez que ça n'ira pas plus loin entre nous.

Avait-elle la moindre idée du tumulte qu'elle déchaînait en lui ? Elle lui offrait sur un plateau d'argent tout ce qu'il désirait depuis le début. Et il était trop égoïste pour dire non. Mais il avait besoin qu'elle sache qu'il ne serait jamais le prince charmant dont elle rêvait.

— Je n'ai rien d'autre à vous offrir, Evie. « Ils se marièrent et eurent beaucoup d'enfants », ce n'est pas mon style.

Elle le dévisagea avec sérieux.

— Je sais, souffla-t-elle.

Fonce ! Maintenant ! C'était le feu vert qu'il attendait. Mais par égard pour son innocence il tenait à la mettre complètement à l'aise.

— Nous pouvons arrêter à tout moment si c'est ce que vous voulez. Ça ne changera rien entre nous. Vous avez ma parole.

Si elle avait encore le moindre doute, ces mots le balayèrent. Matéo la comprenait parfaitement, comme personne d'autre avant lui. Et elle le comprenait aussi. Elle lui faisait confiance, corps et âme, de même qu'il lui faisait confiance pour toujours rester elle-même avec lui. Se livrer l'un à l'autre en toute transparence était la forme la plus absolue d'intimité. Elle ignorait ce que cela donnerait, mais elle avait hâte de le découvrir.

Elle se hissa sur la pointe des pieds et déposa un chaste baiser sur ses lèvres. Puis un second. Au troisième, la bouche de Matéo s'ouvrit et sa langue investit la sienne. Ah, c'était si bon ! Evie se sentait conquise et possédée, pas dans un esprit de domination, mais d'union. Le désir palpitait au creux de ses cuisses. Ses jambes la portaient à peine. Au moment où elles se dérobaient, Matéo la souleva dans ses bras et, sans rompre leur baiser, l'emmena vers son bungalow.

Lorsqu'elle rouvrit les yeux, elle était sur le lit à baldaquin, entourée d'une multitude de petites bougies disposées à travers la pièce. Elle avait l'impression de flotter sur un nuage parmi les étoiles. Les yeux chevillés aux siens, Matéo commença à déboutonner sa chemise. Evie déglutit. Cette puissante attraction qu'il exerçait sur elle dépassait l'entendement. Mais elle percevait d'instinct ce qu'elle avait d'unique. Plus jamais elle ne serait la même après lui. Car ce n'étaient pas seulement ses larges épaules qui la fascinaient, ou sa musculature ciselée couverte d'un duvet viril. C'était lui, Matéo.

Un pouvoir égal passait d'elle à lui, de lui à elle. Ce duel sensuel était grisant. Ne voulant pas être en reste, elle dénoua le cordon du sarong sur sa nuque. La chemise de Matéo toucha le sol à l'instant où le pan de soie glissait sur sa poitrine, dénudant ses seins. Le désir possessif dans les yeux de Matéo éveilla sa féminité dormante. Elle qui avait toujours vécu dans la honte et la peur de l'embarras se sentait invulnérable. Il la rejoignit sur le lit et se hissa sur elle en la faisant s'allonger, jusqu'à ce que son corps recouvre le sien.

— Evie, si j'avais su que vous étiez nue sous votre sarong…

Ses lèvres parsemaient son cou de baisers brûlants.

— … nous n'aurions pas dîné du tout. Vous êtes sublime.

Avait-il conscience de parler en espagnol ? Sa main allait et venait sur sa peau, le long de sa taille. Elle approchait de ses seins, là où elle la voulait, puis s'éloignait à nouveau. Evie commençait à s'impatienter. Elle voulait plus. Tellement plus ! Elle le voulait tout entier, sans retenue. Perdu comme elle dans les affres de la passion. Répondant à sa prière, la main de Matéo s'aventura sur sa hanche et sous son sarong. Les battements de son cœur s'accélérèrent. Il cognait si fort que Matéo devait sûrement l'entendre.

Elle ondula contre lui, folle de désir. Sa main écartait maintenant ses jambes et… Seigneur, il l'avait à peine touchée qu'elle défaillait déjà. Après s'être attardés le long de ses cuisses, ses doigts se faufilèrent sous sa culotte. Une plainte franchit ses lèvres. Le flot de sensations lui faisait tourner la tête. C'était incroyablement exaltant. Matéo se mit à butiner ses seins et elle se cambra, chavirée. Ses halètements étaient presque aussi érotiques que les caresses de plus en plus ciblées de Matéo. Il se redressa pour la regarder, aussi excité qu'elle. Son plaisir était le sien, elle le lisait dans ses yeux tandis qu'il continuait à la stimuler avec une virtuosité sans pareille. L'extase montait au creux de ses reins. Evie en avait le souffle coupé. Lorsqu'un doigt s'insinua entre ses lèvres intimes, elle perdit pied. Matéo était en elle. Pas encore comme elle le voulait, mais assez pour l'envoyer dériver dans un océan de pure félicité.

Le pouls de Matéo tambourinait. À croire que c'était lui qui venait d'avoir un orgasme. Evie battit des cils. Elle était absolument divine. Plaisir, hébétude et satisfaction voilaient ses yeux brun-vert, avec cette touche de fébrilité qui ne la quittait jamais, comme inscrite dans son ADN. Il avait envie de l'embrasser et de la caresser. D'explorer chaque expression de son visage qu'il ne se lassait pas d'admirer. Il faisait toujours passer le plaisir de sa partenaire avant tout. Mais avec Evie, c'était une addiction. Il voulait aller plus loin. Voir jusqu'où dans la jouissance elle était capable d'aller.

Elle dut déceler son intention, car la même se refléta dans son regard. Quelque chose passa entre eux. Une connexion si profonde qu'elle l'effraya, plus qu'il n'était prêt à l'admettre. Les pupilles d'Evie se dilatèrent et sa poitrine se souleva dans une inspiration heurtée. Il s'écoutait, il la prendrait là, sur-le-champ. La force de son désir le choquait lui-même. Lorsqu'elle s'attaqua à sa boucle de ceinture, il arrêta son geste.

— Nous pouvons en rester là, Evie.

Sa main ne bougea pas.

— Je n'ai pas envie d'en rester là, protesta-t-elle. Et vous ?

Lui ? Il voulait la voir convulser dans un nouvel orgasme et cette image eut raison de ses ultimes réserves.

— Non, moi non plus.

Il écarta sa main et termina de se déshabiller. Le regard brûlant d'Evie marquait sa peau au fer rouge. Il le ressentait jusque dans les tréfonds de son âme. Un étau lui étreignit la poitrine. Elle était si belle, alanguie contre les coussins, entourée d'une myriade d'astres vacillants. Une étoile parmi les étoiles. Alors qu'il remontait sur le lit, elle vint à sa rencontre, et ils basculèrent ensemble dans un enchevêtrement de bras et de jambes. Leurs bouches se scellèrent avidement. Leurs langues et leurs dents s'entrechoquaient. Plus rien ne pouvait endiguer le torrent de passion qui les emportait. Mais le plaisir d'Evie restait sa priorité. Alors qu'elle l'accueillait entre ses cuisses, il entreprit de rendre à sa féminité le plus fervent des hommages. Pas un recoin de son corps n'échappait à ses caresses et ses baisers. Les secondes s'égrenaient trop vite. Il haïssait l'aube, en cet instant. Il aurait voulu que la nuit s'étire à l'infini, juste pour continuer à l'aimer, encore et encore.

Il la pénétra lentement, jusqu'à l'emplir tout entière. Il n'avait que cette nuit à lui donner. Alors il ne retiendrait rien. Il se retira pour replonger dans l'étroit fourreau de sa chair, qui se contracta autour de lui. Ses cris de plaisir étaient musique à ses oreilles tandis qu'ils bougeaient à l'unisson, créant ensemble les plus fabuleuses sensations. Le temps perdait toute substance dans leurs baisers fiévreux. Dans le roulement de leurs hanches et la friction de leur peau en sueur. Leurs corps dansaient un sulfureux tango, sur un rythme n'appartenant qu'à eux et qu'à cette nuit. Quand vint la délivrance, la réalité se suspendit, figée dans un moment qui transcendait les mots. C'était l'expérience la plus incroyable qu'il ait jamais connue. D'instinct, il sut qu'il ne revivrait jamais cela. Avec personne d'autre.

9

Depuis la proue du yacht, Matéo suivait l'échange entre Evie et le capitaine. Ce dernier semblait réticent à les laisser aborder seuls sur l'île. Son inquiétude incita Matéo à vérifier pour la troisième fois qu'ils avaient bien tout ce qu'il leur fallait. Il avait déjà piloté un hors-bord avant et avait promis que leur sécurité serait sa priorité absolue. Leur sac à dos contenait un téléphone satellite, un pistolet lance-fusées et une trousse de premiers secours. Evie et lui avaient pris très au sérieux l'avertissement du capitaine sur l'activité sismique et volcanique de la région, ainsi que les risques de tsunamis. Il n'exagérait pas. Matéo l'avait compris et avait même suggéré à Evie d'attendre.

— Attendre quoi ? avait-elle demandé.

Il n'avait pas su quoi répondre. Les yeux de la jeune femme s'étaient assombris d'une façon qu'il avait immédiatement reconnue.

S'il avait cru qu'une seule nuit suffirait à le guérir de son addiction, il s'était lourdement trompé. Il ignorait qui avait été le plus désespéré des deux. Qui avait eu le plus besoin des caresses de l'autre comme de l'air qu'ils respiraient. Ce qui était sûr, c'était que cela ne pouvait pas continuer.

Ce matin, encore à demi-endormi, il avait tendu le bras vers Evie et trouvé le lit vide. Son poing avait serré le drap tiède.

Maintenant, un suçon ornait le cou d'Evie, là où ses lèvres s'étaient un peu trop attardées. Si Annie l'avait remarqué, elle n'en avait rien laissé paraître lorsqu'elle était venue les chercher sur l'île tôt dans la matinée.

Juste cette nuit. Tels avaient été ses mots.

Une promesse aux allures de sentence.

— Prêt ? lança-t-elle en le rejoignant.

— À votre service.

Il lui tendit sa main et l'aida à monter à bord du bateau à moteur.

— Au moindre problème, appelez, dit le capitaine.

Matéo donna sa parole, puis poussa le hors-bord à l'écart du yacht avant de démarrer. Direction l'île droit devant eux, entourée d'affleurement rocheux qui créaient des courants requérant une grande prudence. D'après le capitaine, la géographie de l'île, avec son relief escarpé peu propice au développement et ses côtes dangereuses n'autorisant qu'un seul bateau à la fois, la rendait inhospitalière au tourisme. Isolée des autres îles, elle était ignorée des milliardaires, qui lui préféraient ses voisines plus agréables et faciles d'accès. Mais plus il en approchait, plus Matéo lui trouvait un charme à part.

Il glissa un regard vers Evie. Assise sur le banc, elle tenait son chapeau pour ne pas qu'il s'envole, les yeux clos levés vers le ciel. Elle aurait eu l'air d'une touriste, en route pour profiter d'un après-midi de farniente sur une plage déserte, sans les bottes en caoutchouc à ses pieds, associées à un pantalon de toile et une chemise lâche en lin. Son uniforme de terrain, avait-elle expliqué. Le désir l'avait foudroyé lorsqu'il l'avait vue apparaître dans cette tenue purement pratique et confortable. Autant se rendre à l'évidence : peu importait ce qu'elle portait. Elle lui plaisait parce qu'elle était elle, unique, captivante, passionnée. Son attirance pour elle défiait toute rationalité.

— Arrêtez de me regarder comme ça, dit-elle, les yeux toujours fermés.

— J'ignore de quoi vous voulez parler.

Avec un sourire en coin, il fit décrire au hors-bord un large arc de cercle afin d'aborder au mieux l'étroite plage indiquée par le capitaine comme le meilleur endroit pour aborder.

Evie avait l'estomac sens dessus dessous. Mais pas à cause des mouvements du bateau. Étrangement, l'attention de Matéo l'aidait à garder les pieds sur terre. Elle l'ancrait dans une réalité tangible, à l'opposé de l'inconnu au bout du voyage. La nuit précédente avait forgé un lien profond entre eux. Tel un tournesol cherchant le soleil, tout son être tendait d'instinct vers lui. Elle qui se targuait d'être farouchement indépendante... Malgré cela, elle se réjouissait de ne pas affronter seule ce qui l'attendait. Elle se sentait de plus en plus nerveuse à mesure qu'ils approchaient.

Et s'ils ne trouvaient rien ? C'en serait terminé de ses espoirs de valider les recherches du professeur et satisfaire la requête de la reine Sofia. Un double échec dont elle serait seule responsable. Le doute lui comprima la poitrine. Une main sur le cœur, elle inspira et expira lentement.

Vous voulez être aussi forte qu'Isabelle ? Ne savez-vous pas que vous l'êtes déjà ?

Les mots de Matéo lui redonnèrent confiance. Ces mots qu'il lui avait murmurés la veille. Pour la première fois, elle s'était vue à travers ses yeux, telle que lui la voyait. Forte et courageuse. Comme Isabelle, la princesse pirate. Face à cette terre inhabitée, dont les côtes accidentées dissuadaient quiconque d'approcher, un pressentiment la saisit. Elle avait soudain l'intime conviction d'être à l'orée d'une découverte cruciale.

Les trésors, dans l'imaginaire collectif, étaient toujours

enterrés sur une minuscule île déserte, au pied d'un unique palmier solitaire. Cette île-là était très différente. Un rempart de rochers menaçants dominait l'étroite bande de sable, plus longue que large, où ils s'apprêtaient à aborder. Oui, elle en était certaine. Quelque chose les attendait ici. Quelque chose qui donnerait raison au professeur Marin et apporterait au père de la reine les réponses qu'il espérait. Et qui sait ? Peut-être quelque chose pour elle aussi.

Le hors-bord fit une brusque embardée comme Matéo le détournait *in extremis* d'un affleurement. Le rocher érafla la coque du bateau dans un grincement strident. Evie en eut froid dans le dos. Matéo grimaça, mais garda le silence, concentré sur sa manœuvre. Les muscles de ses avant-bras se contractaient chaque fois qu'il tournait le volant, dans un sens, puis dans l'autre, utilisant les courants pour slalomer avec précision entre les obstacles.

Lorsqu'ils parvinrent enfin à aborder, une heure plus tard que prévu, ils étaient essoufflés et trempés par les embruns. Matéo noua les lacets de ses chaussures ensemble et les jeta autour de son cou, puis retroussa son pantalon sur ses mollets et sauta à terre pour tirer le hors-bord sur le rivage. Une fois le bateau amarré, il se tourna vers elle, main tendue. Comme la veille au soir, quand il l'avait accueillie à leur dîner aux chandelles sur la plage. Son corps palpita au souvenir de leur nuit torride. C'était tout ce qu'elle avait demandé. Une seule nuit. Jamais elle ne regretterait ce qu'ils avaient partagé, même s'il n'y aurait plus d'autres nuits comme celle-là.

— Evie ?

Elle s'ébroua mentalement et prit la main qu'il lui tendait. D'un bond, elle fut sur le sable. Sac à dos solidement arrimé, elle consulta son GPS afin de repérer leur position par rapport aux coordonnées. Matéo renfila ses chaussures et lui fit signe qu'il était prêt.

— Passez devant, Evie. Je vous fais confiance. Vous savez que je vous suivrais au bout du monde, plaisanta-t-il.

Si seulement, songea-t-elle en se mettant en route.

Après une heure de randonnée éprouvante le long d'un sentier abrupt à peine visible, ils atteignirent enfin le sommet de l'île. La végétation dense qui les avait protégés de la chaleur jusque-là laissa brusquement la place à un ciel d'azur comme posé en équilibre sur la mer. Le soleil tapait dur sur cette crête dégagée. Une main en visière au-dessus de ses yeux, Evie admira la mer des Philippines. Elle imaginait des navires du XVIIIe siècle naviguant dans la brume. Le sang battant à ses tempes était des coups de canons tirés contre l'ennemi. Au milieu du vacarme s'élevait un murmure...

La voix d'Isabelle l'implorant de la trouver.

Matéo plaça une gourde entre ses mains.

— Buvez.

Elle déclina, la tête ailleurs.

— Evie, vous devez vous hydrater. Vous n'avez rien bu depuis que nous avons quitté le bateau.

À contrecœur, elle le suivit et s'assit avec lui sur un rocher à l'ombre d'un palmier. En avalant sa première gorgée d'eau, elle s'aperçut qu'elle mourait de soif !

Pendant la montée, Matéo n'avait posé aucune question. Il n'avait pas suggéré de faire demi-tour, ni cherché à prendre les rênes. Pas une fois. Elle avait beau être professeure depuis deux ans, ses collègues ne s'étaient jamais gênés pour l'écarter sur le terrain. Peut-être à cause de son âge, ou parce qu'elle était une femme, elle avait été constamment mise en retrait. Mais Matéo lui avait fait confiance. Il s'en était entièrement remis à elle. Cela comptait plus que tout pour elle.

Et rendait son échec d'autant plus dur à vivre.

— Un problème ? demanda-t-il comme s'il avait perçu son changement d'humeur.

— Nous y sommes.

— Où ça ?

— Au point indiqué par les coordonnées.

Il n'y avait rien. Aucun vestige. Aucune trace de vie, présente ou passée. Elle inspecta la zone des yeux. Elle pourrait passer des jours à retourner chaque centimètre carré de terre. Mais ce néant absolu… Son moral en prenait un coup. Peut-être celui de trop.

Matéo se souvenait de son père dans cet état-là. Sa frustration était telle qu'elle en devenait presque physique. Il jeta un coup d'œil à sa montre. Ils n'avaient pas de temps à perdre. Evie devait en avoir conscience, aussi choisit-il ses mots avec tact.

— Quel genre de personne était Isabelle ?

Evie le regarda sans comprendre.

— Vous l'avez étudiée. Vous la connaissez mieux que quiconque. Quoi qu'elle ait voulu cacher ici, l'aurait-elle laissé en évidence ? Ou dissimulé derrière un autre indice ?

À quel moment s'était-il définitivement rangé à la conviction qu'Isabelle et Loriella étaient bien une seule et même personne ?

— Et vous ? Que feriez-vous ? poursuivit-il.

— Je ne laisserais rien à l'endroit précis indiqué par les coordonnées. Ça, c'est sûr.

Son agacement le fit sourire.

— D'accord. Mais ces coordonnées existent et nous ont conduits ici.

Il observa Evie, qui avait commencé à se confondre avec Isabelle dans son esprit.

— Ne feriez-vous pas en sorte que votre trésor soit difficile à trouver ?

— Pas difficile à trouver... Plutôt qu'il soit trouvé par la bonne personne.

— C'est-à-dire ?

— Un allié, pas un ennemi. Un ami sûr, qui me connaisse bien.

— Et qu'est-ce qu'un ami sûr saurait sur Isabelle ? l'aiguilla-t-il.

— Qu'elle était de Iondorra.

— Donc nous cherchons quelque chose de là-bas.

— Ou quelque chose qui aurait une signification pour quelqu'un de là-bas, conclut Evie avec excitation.

Ses yeux brillaient à nouveau, de cette flamme dont il arrivait de moins en moins se passer.

Elle se leva et retourna au sommet de la crête, là où les avaient menés les coordonnées. Face à la mer au bord du promontoire, cheveux au vent, elle avait l'air d'un capitaine à la proue de son bateau. La même détermination affermissait ses traits que la veille sur la plage déserte. Elle prit une grande inspiration, comme chaque fois qu'elle avait besoin de se calmer. Matéo en éprouva un pincement au cœur. Il la connaissait assez pour savoir cela, désormais. Raison pour laquelle il lui accorda ce moment.

Evie se mit à examiner le paysage autour d'elle, méthodiquement, dans un lent mouvement circulaire. Sans utiliser de jumelles, ni son GPS. Elle regardait par ses propres yeux, comme Isabelle l'avait fait à son époque. Elle se mordait nerveusement la lèvre. Une autre habitude devenue familière à Matéo. Il n'était même pas sûr qu'elle en ait conscience. Dans sa tête, il l'encourageait. Lui disait qu'elle était sur la bonne voie. Qu'elle percerait le mystère. Il le savait, sans pouvoir expliquer pourquoi.

Lorsqu'elle trouva ce qu'elle cherchait, il le vit dans ses yeux. L'air se chargea d'électricité, comme si quelque chose de magique venait de se produire. Il se leva pour la rejoindre.

— Savez-vous, demanda-t-elle, que la clématite, emblème national de Iondorra, symbolise deux choses ?

— Non.

— La beauté de l'innocence et la force de l'artifice. Deux caractéristiques indispensables à cette plante pour grimper là où nulle autre n'en est capable.

Elle l'entraîna vers le fouillis de végétation d'un vibrant vert tropical, égayé par des grappes de fleurs blanches et mauves amassées autour de leurs tiges épaisses.

— L'autre chose à savoir sur la clématite est que ce n'est absolument pas une plante originaire d'Indonésie.

Elle plongea la main au cœur de l'enchevêtrement de feuilles et de tiges, qu'elle écarta afin de dégager le rocher en dessous. Matéo vit ses yeux se plisser. Elle semblait avoir repéré quelque chose.

— Pouvez-vous me donner le carnet de votre père ? demanda-t-elle en continuant énergiquement son opération de débroussaillage.

— Bien sûr.

Il alla le lui chercher dans le sac qu'elle avait laissé à l'ombre. Elle en sortit un morceau de parchemin, plus fin et plus ancien que le papier des pages du carnet. Matéo ne l'avait jamais vu avant. Il se pencha par-dessus son épaule tandis qu'elle le défroissait avec précaution, révélant une sorte de dessin frotté au charbon.

— Qu'est-ce que c'est ?

— J'ai longtemps cru à une simple reproduction, mais...

Evie plaça le dessin du parchemin sur celui qu'elle venait de découvrir taillé dans la roche. Les deux se superposaient parfaitement. Depuis le début, l'indice était dans le carnet du professeur ! Elle ne l'avait jamais interrogé sur ce parchemin et il ne lui avait jamais dit d'où il venait. Elle palpa le rocher, étonnamment lisse comparé aux autres dominant l'île. Le symbole était une imitation grossière de la clématite stylisée gravée sur l'octant, avec ses cinq pétales clairement identifiables. Cinq pétales... Sur une intuition, elle plaça ses doigts sur chacun d'eux et appuya.

Elle retint son souffle. Sous ses yeux ébahis, le rocher bougea et se mit à glisser sur le côté. Un juron en espagnol s'éleva dans son dos. Le choc de Matéo faisait écho au sien. Ses jambes tremblaient à mesure que se révélait une entrée secrète. Attrapant sa lampe torche, elle éclaira l'intérieur et aperçut les premières marches d'un escalier.

Elle se tourna vers Matéo. Il secouait la tête, l'air soucieux. Elle partageait son inquiétude. Elle était excitée, bien sûr. Sur des charbons ardents, même. Mais pas naïve. Il regarda vers l'horizon, et elle admira une fois de plus son profil altier. Sa mâchoire volontaire que ses doigts la démangeaient de toucher. Ses lèvres sculptées qui lui avaient prodigué un plaisir inoubliable. Mais elle comprenait surtout combien les mots étaient devenus superflus entre eux. Elle lisait dans ses pensées comme il lisait dans les siennes. Elle le savait indécis en cet instant, écartelé entre la prudence l'incitant à retourner au yacht et la volonté de la laisser aller jusqu'au bout. Trois jours plus tôt, il l'aurait jetée sur son épaule et aurait quitté l'île sans lui demander son avis. Mais aujourd'hui ? Non seulement il était pleinement investi dans la théorie de son père, mais il avait confiance en elle. Du moins aimait-elle à le croire. Ce qu'ils avaient partagé la nuit précédente... Cette connexion entre eux... Cela dépassait la simple affinité physique, qu'elle veuille se l'avouer ou non.

Matéo se tourna vers elle, la mine résolue.

— Si on y va, on fait ça dans les règles, déclara-t-il. La sécurité avant tout.

Elle opina du chef.

— Entendu.

Ensemble, ils vérifièrent leur équipement deux fois. Gourdes, torches, harnais, cordes, pistolet lance-fusées, trousse de premiers secours... Chaque objet fut sorti et remis un par un dans le sac à dos. Une fois prêts, ils s'approchèrent de l'escalier en colimaçon, encastré dans un puits circulaire s'enfonçant dans l'obscurité souterraine. Evie entendit Matéo sortir quelque chose dans son dos et la lumière d'un bâton lumineux lui balaya l'épaule avant de plonger dans la cavité. L'escalier avait peut-être été protégé des éléments. Mais après plus de deux siècles et demi, le bois s'était certainement détérioré. Si la sécurité passait vraiment avant tout...

— Au moins l'un de nous devrait rester en haut, conseilla-t-elle.

— Il n'y a que vous et moi.

— Je sais, mais...

— Evie, vous êtes forte et courageuse. Que je sois là ne remet pas ça en question. Je viens avec vous, décréta Matéo.

Evie en conçut un vif soulagement. Elle allait descendre la première marche quand il la retint par le bras.

— Et si à tout moment, vous avez un mauvais pressentiment et voulez faire demi-tour...

Pas question. Evie censura sa réponse instinctive.

— Alors nous ferons demi-tour. Promis.

L'expédition commença. Tout en faisant attention à là où elle posait les pieds, Evie s'interrogeait sur l'artisan derrière l'escalier et cherchait des traces de passage, comme des graffitis sur la paroi rocheuse. Isabelle avait-elle descendu ces marches ? Qui les avait construites et où menaient-elles ? Elle n'avait pas menti à Matéo. Le trésor ne l'intéressait pas. Mais elle espérait quand même trouver quelque chose. C'était un besoin viscéral. Comme elle avait eu besoin de Matéo la nuit précédente.

Perdue dans ses pensées, elle ne sentit pas tout de suite

le bois céder sous son pied. Tout se passa en une fraction de seconde. Soudain, il n'y eut plus que le vide sous elle, qui l'aspirait inexorablement. Son cri de terreur se bloqua dans sa gorge. Sa main cherchait désespérément quelque chose à quoi se raccrocher... Et tout aussi brusquement, sa chute s'arrêta. Elle oscillait, suspendue dans l'air. Retenue par une serre d'acier autour de son poignet.

— Ne regardez pas en bas, lui intima Matéo.

Aucun risque. Ses yeux restaient résolument fixés sur les muscles bandés de son bras tandis qu'il la tirait à lui. Elle tendit sa main libre qu'il attrapa. Puis il la saisit par le coude et la hissa, centimètre par centimètre, hors du gouffre jusqu'à ce qu'elle réussisse à poser le pied sur la marche où il se tenait.

Pantelant, il lui demanda si elle se sentait capable d'enjamber la marche manquante. Le cœur d'Evie cognait à tout rompre. Elle tremblait comme une feuille. Mais elle fit oui de la tête.

— Nous devons continuer, dit Matéo. Dieu sait combien de temps encore l'escalier tiendra.

Agrippée à lui, elle évita avec précaution le trou béant. La manœuvre l'obligeait à faire une plus grande foulée. Pas facile avec ses jambes en coton. Elle y parvint néanmoins, et ils reprirent leur lente descente dans un silence concentré. Quelque temps après, ils touchaient le sol.

Elle sentit Matéo lui toucher bras.

— Je vais bien, assura-t-elle avant qu'il ne lui pose la question.

Son pouls effréné racontait une autre histoire. Une fois de plus, elle recourut à sa technique de respiration pour se calmer, avant de promener sa torche sur les parois de la caverne. Il y avait quelque chose ici, elle en était certaine...

Et vous, qu'auriez-vous fait ?

La main de Matéo se posa sur son épaule. Pas pour la retenir, mais pour l'encourager au contraire. *Réfléchis, Evie.* De nouveau, elle inspecta la roche à l'aide de sa torche, plus lentement. Cette fois, un éclat doré accrocha son regard. Un florin, peut-être ? Elle s'approcha plus près et poussa une exclamation stupéfaite.

Là, derrière une aspérité, se cachait une série de rouages en bronze. Le mécanisme devait permettre d'ouvrir une porte ailleurs sur l'île, car il n'y avait rien d'autre dans la grotte. Malgré sa facture exceptionnelle, il ne comportait aucun levier. Aucun moyen de l'activer. Evie fouilla les parois rocheuses une nouvelle fois, sans succès.

— Puis-je regarder ? demanda Matéo.

Il devinait la frustration de la jeune femme, qui recula pour le laisser examiner le dispositif. Les rouages en bronze, même anciens et rouillés, étaient de toute beauté. Son père aurait été dans son élément ici. Pas pour l'eau qu'apportait cette trouvaille à son moulin, mais pour l'ingéniosité humaine dont elle témoignait, qui était ce qui le fascinait dans l'étude de l'histoire. Néanmoins, quelque chose manquait dans ce mécanisme. Un élément qui en relie les deux moitiés ?

— Evie, avez-vous l'octant ?

— Oui, dans le sac.

Elle le fit glisser de ses épaules, l'ouvrit et en sortit l'outil de navigation.

Matéo le retourna entre ses mains. Oui, il avait la même forme que la pièce manquante. À l'arrière de l'octant, là où la règle de mesure rejoignait le miroir, se trouvait un minuscule rouage sans aucune utilité à l'instrument. Se pourrait-il que...

Il plaça l'octant dans l'espace libre et le sentit s'encastrer avec un petit *clic*. À côté de lui, Evie écarquilla les yeux.

— On dirait que la règle devient...

— Un levier, termina-t-elle d'un ton surexcité.

Matéo sourit.

— À vous l'honneur.

La règle de mesure était un peu rouillée. Evie la maniait

tantôt avec précaution, tantôt avec fermeté afin de ne pas la briser. Soudain, il y eut un bruit sourd, suivi par un courant d'air. Là encore, la paroi rocheuse s'écarta, cette fois dans un grincement métallique. Matéo et Evie reculèrent, fébriles et nerveux à la fois.

— Nous y sommes, souffla-t-elle en lui agrippant le bras. C'est ici que se trouvent les réponses que nous cherchons.

Jamais il n'avait autant eu envie de l'embrasser qu'en cet instant.

Le mur de roche coulissa sur le côté, dévoilant une ouverture. Après s'être assurée qu'il la suivait, Evie s'y engagea. Matéo lui emboîta le pas. Étrange, l'air était plus frais que dans la grotte. Moins poussiéreux. Ils avancèrent dans le passage, qui décrivait un virage débouchant sur...

— *Cristo !*

Matéo n'en croyait pas ses yeux. Ils se trouvaient au cœur d'un gigantesque réseau de cavernes souterraines s'étendant sans doute sous l'île entière. Des rayons de soleil filtraient à travers les fissures de la voûte rocheuse au-dessus d'eux. Mais ce n'était pas cela qui le laissait sans voix. C'était plutôt ce qui se trouvait échoué dans les eaux lapant une bande de sable blanc semblable à celle sur laquelle ils étaient arrivés.

— Est-ce un... ?

— Oui.

La voix d'Evie n'était guère plus qu'un murmure.

— Un bateau de pirate.

10

— Comment diable est-il arrivé là ?

Evie secoua la tête, dépassée par leur découverte. Peut-être était-ce le résultat d'une éruption volcanique ou d'un tremblement de terre. Ou d'un éboulement qui aurait emmuré une portion de l'île auparavant accessible, piégeant un navire entier à l'intérieur.

Ils déambulèrent dans la caverne, plus vaste que plusieurs terrains de football, éclairée par des rais de soleil s'insinuant entre les roches de la voûte hérissée de stalactites. L'eau occupait la moitié de la surface, léchant le sable de la plage où le bateau avait abordé. Au-delà, le terrain devenait rapidement rocheux, comme partout ailleurs sur l'île. Le mouvement de l'eau suggérait qu'elle venait de sous les parois de la caverne, aussi étrange que cela puisse paraître.

— De quel genre de bateau s'agit-il ? s'enquit Matéo.

— D'une flûte, un navire de charge néerlandais, expliqua Evie en s'approchant de l'épave affaissée sur son flanc.

Les dégâts infligés par le temps et les batailles marquaient le bois ancien. Mais son nom s'étalait encore fièrement sur la coque. Evie plaqua une main sur sa bouche.

— Et pas n'importe lequel… C'est celui de Loriella !

Elle effleura le bois du bout des doigts. Un frisson remonta le long de son échine. Même réduit à l'état d'épave, le navire restait très impressionnant. Evie se sentait minuscule à côté.

— Je me demande si cet endroit faisait partie de l'île autrefois, dit-elle en réfléchissant à voix haute. Peut-être un séisme a-t-il provoqué un glissement de terrain. Ça expliquerait la soudaine disparition de Loriella et de son équipage.

— Au moins une personne s'en est sortie. Sinon, comment expliquer l'escalier ? intervint Matéo à raison.

— Une personne capable d'écrire les coordonnées et de les cacher dans l'octant, renchérit Evie.

Matéo fronça les sourcils.

— Mais s'ils pouvaient sortir, pourquoi Loriella et son équipage ont-ils brusquement disparu ?

— Lors de leur dernière confrontation, le duc fut finalement contraint de prendre les armes, raconta Evie. La bataille fit rage pendant des heures. Il y eut de nombreux morts, y compris le duc lui-même. L'énorme prime sur leurs têtes aurait incité n'importe qui à se retourner contre eux. C'est pourquoi on suppose qu'ils sont simplement retombés dans l'anonymat après avoir obtenu leur vengeance.

— Pour l'attaque contre Isabelle ou la mort de leur capitaine ?

— Les deux, sans doute.

Evie scruta l'immense caverne. Matéo en fit autant. Soudain, elle le vit plisser les yeux. Suivant son regard, elle découvrit avec surprise une structure en bois érigée entre la plage et la paroi rocheuse. Elle se dirigea aussitôt vers elle.

— Qu'est-ce que c'est ? Je n'ai jamais rien vu de pareil, commenta Matéo.

Evie avait son idée, mais préférait être sûre avant de la partager. Des symboles religieux ornaient la structure, sculptés dans le bois avec force détails. Le temps et le dévouement qu'ils avaient dû exiger ! Il y avait quelque chose de presque sacré qui s'en dégageait. Emplie de révérence, elle poussa la porte de la hutte.

Des étagères longeaient les murs, sur lesquelles s'entreposaient pistolets anciens, sabres et mousquets. Des coffres débordaient de pièces et de bijoux ternis par le temps, la poussière et l'air marin. Mais tout ce qu'elle vit furent les deux squelettes sur le lit au milieu de la pièce. Là, enlacés dans les bras de l'autre, gisaient les dépouilles de Loriella Desaparecer et de son amant, mari et second.

— Ce sont eux, souffla-t-elle, bouleversée.

Elle sentit la main de Matéo sur son épaule et la serra dans la sienne, reconnaissante. Elle avait besoin de cela, en cet instant.

Matéo inspectait l'intérieur de la hutte, les reliques et trésors alignés sur les étagères, quand il remarqua quelque chose.

— Qu'est-ce que c'est que ça ? demanda-t-il en désignant ce qui ressemblait à un message gravé dans le bois au-dessus du lit.

Evie l'examina de plus près.

— On dirait la langue de Iondorra.

— Pourquoi un message dans cette langue si…

— S'il ne s'agit pas d'Isabelle ?

Un sourire voltigea sur ses lèvres. Elle le savait. Elle l'avait toujours su. Elle et le professeur avaient raison depuis le début.

— Pouvez-vous le lire ?

— Je crois. « *Ce cœur, ne sachant vivre sans celui à qui il appartient, choisit de rester à ses côtés jusqu'à son dernier souffle et le rejoindre dans l'éternité. Vive la reine pirate* », déchiffra-t-elle.

Elle en avait des frissons. Peu à peu, le voile se levait sur le véritable sort de Loriella et son équipage.

— Elle est appelée reine pirate ici, pas princesse.

— En signe de respect pour elle ?

Evie opina.

— Le second a dû être blessé lors de la dernière bataille. Celle qui a tué le duc. Loriella et son équipage sont venus ici et…

Le jour se fit dans son esprit.

— C'est donc ça ! Ils ont fait sauter les rochers ! Ils ont dû utiliser des explosifs pour sceller le navire.

Son regard croisa celui de Matéo.

— Elle ne pouvait pas vivre sans lui. Son mari et second. Alors elle...

Evie ne se résolvait pas à dire tout haut que la princesse Isabelle s'était suicidée. Mais Matéo dut le deviner, car il la serra dans ses bras.

— Son équipage, murmura-t-elle. Telle était la loyauté de ses hommes envers elle. Ils ont à peine touché au trésor et l'ont ensevelie avec son mari. Le mausolée en bois, les sculptures... Tout ça a dû prendre des années. Ils ont utilisé l'escalier jusqu'à ce que ce soit terminé. Et aucun d'eux ne l'a jamais trahie.

L'émotion lui noua la gorge.

— Aucun n'a jamais révélé l'emplacement du trésor.

Une semaine plus tôt, Matéo aurait douté que quiconque puisse inspirer une telle loyauté. Mais c'était avant qu'il rencontre Evelyn Edwards. Au fil de leur expédition, Evie et Isabelle s'étaient mises à ne former plus qu'une dans son esprit. Son père avait passé sa vie à chercher la princesse disparue. Aujourd'hui, devant sa dernière demeure, Matéo espérait lui apporter la paix qu'il n'avait pas trouvée de son vivant.

Il sortit son téléphone et entreprit de prendre des photos. Les preuves qui avaient manqué à son père. Mais Evie lui baissa le bras en secouant la tête.

— N'est-ce pas ce que vous vouliez ?

— Ce qu'on veut et ce dont on a besoin sont deux choses différentes, répondit-elle.

« Parfois, il suffit qu'une seule personne sache la vérité. »

Matéo se remémorait ces mots de son père quand il était enfant. Un enfant passionné de pirates et de chasses au trésor.

Même s'il s'était détourné de tout cela en grandissant, la vie, semblait-il, le destinait à retourner à ses premières amours.

— Mais ces photos permettraient de redorer votre blason, insista-t-il. Elles sont la preuve que tout le monde a eu tort de douter de vous.

— Ce n'est pas pour ça que je suis là, Matéo. Je suis venue pour qu'un roi sache enfin ce qui est arrivé à son ancêtre. Pour qu'une fille puisse aider son père et qu'un fils renoue avec le sien.

Quelque chose se fêla en lui à ces mots. Quelque chose de douloureux, qui lui en coûtait. Trop pour qu'il l'affronte maintenant. Il enlaça la jeune femme plus étroitement. De tous les trésors dans la pièce, celui qu'il serrait entre ses bras était de loin le plus précieux.

— Puis-je prendre un moment ? demanda-t-elle, la voix chargée d'émotion.

— Bien sûr.

Il allait sortir de la hutte quand quelque chose sur l'étagère près de la porte attira son regard. Un souvenir jaillit de sa mémoire... Une image de son père devant un certain portrait. Sans réfléchir, il prit l'objet pour l'examiner plus tard. Dans la caverne, il fut une fois de plus subjugué par le majestueux galion échoué sur la plage. Evie devait avoir vu juste. Comment l'équipage d'Isabelle s'y était-il pris pour faire exploser les rochers sans endommager le navire irrévocablement ? À moins que ce ne soit qu'un hasard ? Une intervention du destin.

Il s'assit sur le sable, ému par ce lieu unique et hors du temps. Il n'avait jamais rien vu d'aussi spectaculaire. Pour la première fois en trois ans, il pensa à son père sans colère ni ressentiment. Il aurait voulu qu'il voie cet endroit, l'aboutissement de l'œuvre de sa vie.

Son père n'était pas infaillible. Matéo l'avait toujours su. Mais il n'avait pas compris qu'en grandissant cela signifiait qu'il lui pardonnerait ses erreurs. Son père avait fait des choix qu'il avait amèrement regrettés. L'accepter impliquait de surmonter sa rancune. Mais il avait beau essayer, le poids de toutes ces responsabilités endossées trop jeune ne disparaissait pas. C'était lui qui avait dû assurer le bonheur de sa mère. Et c'était lui, aujourd'hui, qui était responsable de la sécurité d'Evie. La terreur qu'il avait ressentie lorsqu'elle avait chuté dans le vide...

Ses poings se crispèrent. Un bruit de pas dans son dos le ramena au présent. Evie s'assit à côté de lui et posa la tête sur son épaule.

— Est-ce que ça va ? s'enquit-il.

— Un peu chamboulée, mais oui. C'est le dénouement de tant de choses... J'aurais aimé qu'il soit là.

Pas besoin de demander à qui elle faisait référence.

— Moi aussi, répondit-il avec sincérité.

— Allez-vous en parler à votre mère ?

Il hocha la tête. Oui, il lui en parlerait. Mais il craignait de lui causer plus de peine qu'autre chose. Lui qui s'efforçait depuis des années de la préserver. Il la revoyait, incapable de sortir du lit pendant des jours. Son regard perdu dans le vague était encore plus effrayant que ses larmes. Et il y avait ces mots qu'elle répétait tout bas quand elle se croyait seule...

Je suis partie pour les bonnes raisons.

Lui. C'était pour lui qu'elle était partie.

À son côté, Evie poussa un soupir de contentement.

— Je suis si heureuse d'avoir pu voir ça...

Matéo serra les dents. Il ne voulait pas gâcher l'instant. Elle méritait de savourer son succès.

Mais elle redressa brusquement la tête.

— Evie ?

— L'eau...

Elle se leva d'un bond, et il l'imita. De fait, le courant semblait beaucoup plus fort que quelques instants auparavant.

— Il ne devrait pas y avoir de vagues ici, si...

Le sol gronda sous leurs pieds. Son sang se glaça dans ses veines. Evie le regarda, les yeux agrandis par la peur. Au même instant, les parois de la caverne commencèrent à se lézarder, en même temps que le sol se mettait à bouger.

— Un tremblement de terre ! s'écrièrent-ils à l'unisson.

Evie s'élançait déjà vers la hutte. Il la retint par la taille et la tira en arrière, juste au moment où une large fissure s'ouvrait au-dessus du mausolée.

— C'est trop tard, Evie ! Laissez tomber !

Elle cria comme une pluie de roches s'abattait sur la dernière demeure d'Isabelle et son mari. Matéo jeta un coup d'œil vers le passage par lequel ils étaient arrivés. Non, trop risqué. Il ne restait donc qu'une seule issue. L'eau d'un bleu cristallin s'assombrissait vers le fond de la caverne, signe d'une plus grande profondeur.

— Evie, savez-vous nager ?

Mais Evie, pétrifiée, continuait à fixer la hutte et le navire sur le point d'être engloutis. Il la secoua énergiquement.

— Evie !

Elle sursauta et reprit ses esprits.

— Oui... Oui, je sais nager.

En un clin d'œil, elle avait évalué la situation avec son efficacité habituelle.

— Nous devons trouver d'où vient l'eau, dit-elle en récupérant leur sac à dos. Il n'y a pas une seconde à perdre.

En effet. Les stalactites au-dessus d'eux menaçaient de s'effondrer à tout instant. Ils enlevèrent leurs chaussures qui ne feraient que les alourdir. Alors qu'ils entraient dans l'eau, il fit pivoter la jeune femme vers lui. Il y avait tant de choses qu'il voulait lui dire... Elle aussi, il le voyait dans ses yeux. Elle captura son visage et pressa un baiser sur ses lèvres. Bref et brutal. Pour l'instant, il s'en contenterait.

Elle s'élança la première, fendant l'eau d'un crawl vigoureux. Il suivit immédiatement derrière. Très vite, ils atteignirent le fond de la caverne, où ils s'accordèrent quelques minutes de sur-place.

— Il n'y a pas d'autre choix, murmura Evie.

— Nous trouverons la sortie, promit-il avec une conviction qu'il n'éprouvait pas, mais qu'ils avaient tous les deux besoin d'entendre.

Le tout était de gérer leur apnée. Ensemble, ils se préparèrent à inhaler un maximum d'oxygène. Un dernier regard, une inspiration profonde, et ils plongèrent sous la surface.

Le paradis s'était transformé en enfer. Matéo se dirigeait comme il pouvait dans les eaux opaques agitées de violents courants. Le sel lui piquait les yeux. Mais les garder ouverts était le seul moyen de repérer la sortie. Devant lui, Evie opéra un virage vers une zone particulière. En toute confiance, il la suivit. Là, dans un passage sous le mur rocheux, un bleu salvateur remplaçait l'obscurité. Elle lui lança un regard par-dessus son épaule, auquel il répondit par un pouce en l'air, et ils s'engagèrent dans la brèche. Quelques instants plus tard, ils refaisaient surface en pleine mer, avalant désespérément de grandes goulées d'air. De leur position, ils assistaient, impuissants, à la désolation que semait le séisme sur la petite île déserte. Le promontoire où ils se tenaient quelques heures plus tôt s'éboula en une avalanche de roches qu'ils virent s'écraser dans les vagues en contrebas.

Evie décrocha le sac de son dos et fouilla à l'intérieur.

— Nous devons nous éloigner, la pressa Matéo.

— Oui. Mais d'abord...

Elle sortit le pistolet lance-fusées et tira en l'air. Une gerbe rouge éclata dans le ciel avant de retomber en étincelles dans la mer.

— Ça va ? demanda-t-il en résistant à l'impulsion de la prendre dans ses bras.

— Non, ça ne va pas. Et vous ?

Il secoua la tête. Il était épuisé, et ses membres pesaient une tonne. Le contrecoup de l'adrénaline, sans doute. C'était un miracle qu'ils s'en soient sortis avec à peine quelques égratignures. Il ne restait qu'à attendre que le yacht vienne les repêcher. Il ne se sentirait mieux qu'une fois Evie définitivement hors de danger. Et encore. Il doutait d'être jamais le même après cela.

Sitôt dans sa cabine, Evie s'était débarrassée de ses vêtements mouillés et ruée sous la douche, pressée de rincer la peur et la tristesse qui lui collaient à la peau. Elle était en état de choc, alors. Pas seulement à cause du tremblement de terre, mais de tout ce qui s'était passé avant. La caverne, le navire, Isabelle...

Le yacht était arrivé au bout de quelques minutes, qui lui avaient paru une éternité. D'après le capitaine, le séisme, d'une magnitude peu élevée, n'avait sans doute même pas été ressenti sur les autres îles. Mais la caverne l'avait subi de plein fouet. Il leur avait proposé d'y retourner s'ils souhaitaient, afin de voir s'il en restait quelque chose. Matéo l'avait regardée droit dans les yeux et Evie avait décliné, choisissant de laisser Isabelle, son mari et leur trésor reposer en paix. C'était la dernière fois qu'elle avait vraiment senti le regard de Matéo sur elle. Un inexplicable malaise s'était installé entre eux depuis leur sauvetage. Il ne l'ignorait pas. Il souriait et répondait à ses questions. Mais il s'était refermé comme une huître, physiquement et émotionnellement.

La veille, ils avaient débarqué du yacht et passé la nuit à terre, avant de s'envoler pour Iondorra à bord d'un jet privé. Assis à l'autre bout de la cabine, Matéo n'avait jamais été aussi distant. Se faisait-elle des idées ? Après tout ce qu'ils avaient vécu, leur lien ne pouvait qu'en ressortir grandi, non ? Si elle se le répétait assez souvent, peut-être finirait-elle par y croire.

— Nous allons bientôt atterrir, leur annonça l'hôtesse de l'air.

Evie éprouva un élan de panique. Elle peinait encore à absorber ce qui s'était passé sur l'île. Elle avait la tête en désordre et les émotions se bousculaient dans sa poitrine. Comment rencontrer la reine Sofia dans cet état ? Tout allait beaucoup trop vite ! Bien sûr, elle avait hâte de raconter l'histoire d'Isabelle. Elle voulait rendre justice à cette femme à qui elle avait consacré tant de recherches, car pour la souveraine, elle était plus qu'un sujet d'étude : elle était son aïeule. Evie savait mieux que personne ce que c'était de vouloir connaître sa famille. Mais elle ne pouvait s'empêcher de penser à Matéo.

Elle l'observa, en plein échange avec l'hôtesse de l'air. Le bruit du moteur de l'avion l'empêchait d'entendre ce qu'il disait. Mais elle vit la jeune femme faire signe qu'elle allait demander au pilote. Elle se sermonna en son for intérieur. Depuis quand espionnait-elle les autres ? Pour se changer les idées, elle sortit de son sac le carnet du professeur. Carnet qu'elle allait rendre à Matéo, comme il se devait. Pourtant, en le regardant, elle avait le sentiment d'avoir perdu quelque chose d'infiniment précieux.

L'hôtesse de l'air réapparut et fit un signe affirmatif à Matéo. Sa mine sombre ne s'éclaircit pas pour autant. Elle le vit serrer la mâchoire. Puis son regard se posa sur elle et il s'approcha de son fauteuil.

— Evelyn, lorsque nous atterrirons...

— La reine voudra sans doute nous voir rapidement. Mais il ne sera que 18 heures et elle est sûrement très occupée.

— Evelyn…

— Peut-être rencontrerons-nous son père ? Après tout, c'est lui qui…

— Evie.

Elle ne voulait pas écouter. Quoi qu'il s'apprête à lui dire, elle savait que cela la briserait. Une fois de plus, les mots étaient superflus. Ce qu'il voulait exprimer la touchait directement au cœur, d'une façon qui transcendait tous les discours. Son corps réagissait plus vite que sa tête et une larme roula sur sa joue. Elle l'essuya furtivement, en espérant que Matéo n'ait rien vu. Mais rien ne lui échappait. Son expression s'adoucit l'espace d'une fraction de seconde, puis se ferma à nouveau.

— Je n'irai pas voir la reine avec vous.

— Matéo, vous devez être là, insista Evie. Elle voudra vous remercier pour tout ce que vous avez fait.

— Je n'ai rien fait d'autre que vous suivre.

Alors pourquoi ne pas continuer ?

— Votre père voudrait que vous soyez là…

Il la coupa d'un geste sec.

— N'utilisez pas mon père contre moi, Evelyn.

La honte lui enflamma les joues. Il avait raison. Elle dépassait les bornes.

— Je suis désolée.

— Dès que nous aurons atterri, je repars pour l'Espagne. J'ai n'ai que trop repoussé mon rendez-vous avec Lei Chen.

— Est-ce vraiment une priorité ? persista-t-elle.

— Oui. Ma société compte sur ce contrat. J'y travaille depuis des années. C'est important pour moi.

Evie déglutit. Elle ne s'attendait pas à ce qu'il laisse tout tomber pour elle, mais…

C'est important pour moi.

Et elle, non.

Son cœur s'émietta dans sa poitrine. Était-elle vraiment

aussi stupide ? Assez pour croire qu'il partageait ses sentiments ? Elle effleura ses lèvres du bout des doigts. Non. Elle avait vu comment il la regardait. Ce qu'il lui faisait ressentir était bien réel. Et il le ressentait aussi, elle en était certaine.

Il s'assit en face d'elle et prit ses mains entre les siennes. Elle aurait tout donné pour pouvoir fuir loin, très loin de ce qu'il essayait de lui dire.

— Allez-vous vraiment m'obliger à ça ? hoqueta-t-elle, la gorge nouée.

— Vous obliger à quoi ?

Les larmes coulèrent pour de bon sur ses joues.

— Vous supplier.

11

Matéo accusa le coup. Maudit soit-il ! Une femme aussi exceptionnelle qu'Evie, aussi forte et résiliente, réduite à quémander ? Comment en étaient-ils arrivés là ? Cela le rendait malade.

— Vous ne devriez jamais avoir à supplier, Evelyn. Ne le comprenez-vous pas ?

La colère et le remords lui tordaient les entrailles. Mais la peur empoisonnait son cœur et ses mots. Il n'avait même pas le courage d'affronter ses larmes. Lâche qu'il était, il détourna les yeux pour ne pas voir la peine qu'il lui infligeait. Car elle n'était rien à côté de celle qu'il lui infligerait en restant. Le mal serait irréparable. Voilà pourquoi il devait couper les ponts, et le plus tôt serait le mieux.

La panique le gagna. Il détestait être là. Bloqué dans cet avion, sans aucune échappatoire. Il s'en voulait d'avoir été assez faible pour se retrouver dans cette situation. Raison de plus pour partir tant qu'il était encore temps. Cela vaudrait mieux pour tous les deux.

— Une seule nuit, Evelyn. C'est ce que vous vouliez et c'est ce que vous avez eu.

La colère flamboya dans ses yeux brun-vert.

— Ne minimisez pas ce que nous avons partagé, s'insurgea-t-elle.

— Et n'y accordez pas plus d'importance que ça n'en a vraiment, comme à votre habitude, répliqua-t-il.

La jeune femme pâlit.

— Que voulez-vous dire ?

— Vous répétez sans cesse le même schéma. Mon père, la reine de Iondorra...

— De quoi parlez-vous ?

Elle se braqua, comme si elle redoutait qu'il puisse avoir raison.

— Ces personnes ne vous ont apporté que des ennuis, Evie. Elles ont ruiné votre réputation. Mon père vous a prise comme assistante en sachant très bien qu'il n'avait rien à perdre, contrairement à vous. Qui sait si votre carrière s'en relèvera ? Il vous a laissée sans aucun soutien. Quant au Palais de Iondorra...

Il eut une moue méprisante.

— Non seulement ils ne vous ont jamais défendue alors qu'ils donnaient foi à vos théories, mais ils vous ont envoyée dans une chasse au trésor dangereuse, en exigeant votre silence et en refusant de laver votre nom. Et vous êtes si désespérée, si prête à tout pour être aimée, que vous avez dit oui !

À quel moment avait-il haussé la voix ? Le visage décomposé d'Evie l'horrifia. Ses mots avaient dépassé sa pensée. Même si ses reproches étaient fondés, avait-il vraiment eu besoin d'être aussi dur ?

— Désespérée, répéta-t-elle pensivement.

Alors qu'elle méditait ses paroles, son expression changea, de plus en plus résolue. Elle essuya ses larmes et soutint son regard.

— Non, pas désespérée, réfuta-t-elle. Mais merci du conseil. Après réflexion, vous avez raison. Ce n'était qu'une nuit. Ça n'aurait pas fonctionné entre nous. Comme vous l'avez si justement souligné...

Sa voix chevrota, mais elle continua.

— J'ai besoin de quelqu'un de disponible, honnête envers ce qu'il ressent et prêt à ouvrir son cœur. Ce que vous n'êtes pas.

Chaque mot qu'elle prononçait lui faisait l'effet d'un coup de poignard.

— Vous lui ressemblez trop. Le plus triste est que vous ne vous en rendez même pas compte. C'est pourquoi vous êtes voué à répéter les mêmes erreurs. Je ne tiens pas à être l'une d'elles.

— Les mêmes erreurs que qui ?

— Votre père.

— C'est ridicule, siffla-t-il avec colère. Je ne suis pas comme lui. Il a renié ses responsabilités et n'a rien fait pour retenir ma mère. C'est moi qui ai endossé son rôle quand nous avons dû recommencer à zéro. Moi qui ai veillé à ce qu'elle soit heureuse et ne manque de rien.

— Et vous n'auriez jamais dû avoir à faire ça, Matéo. Vous n'étiez qu'un enfant. Mais en grandissant vous avez choisi de fuir dans le travail, exactement comme lui, pour ne pas affronter ce que vous ressentiez. C'est plus facile, n'est-ce pas ? L'amour, l'abandon... S'y confronter, c'est se rendre vulnérable. Mais ça en vaut la peine, affirma Evie. Mieux vaut vivre pleinement sa vie que s'enfermer dans sa carapace et devenir aigri. Moi aussi, j'en vaux la peine. Si vous ne le voyez pas, alors je ne veux jamais vous revoir.

Matéo était sonné, réduit au silence par cette mise au point sans concession. Ce n'est que lorsqu'elle déboucla sa ceinture qu'il s'aperçut qu'ils avaient atterri. Sans un regard, elle récupéra son attaché-case et se leva.

— Attendez.

Sa voix retentit tel un coup de fusil. Elle s'arrêta à hauteur de son siège, les yeux rivés devant elle. Il sortit de sa poche l'objet qu'il avait ramassé dans la hutte. Il avait toujours eu l'intention de le lui donner. Mais maintenant que le moment était venu, il freinait des quatre fers, conscient que c'était sans doute la dernière fois qu'il la voyait.

— Si on vous demande une preuve...

— Je n'en ai aucune, dit-elle sèchement.

— Donnez-leur ceci.

Il ouvrit le poing, révélant une bague en or sertie d'un rubis entouré de perles.

La jeune femme la fixa en silence. Il vit un sanglot lui monter à la gorge. Elle l'avait reconnue, tout comme lui quand il s'était souvenu de cette photo de son père, debout à côté d'un portrait grandeur nature d'Isabelle de Iondorra. Sur le portrait, la princesse portait fièrement la bague qui lui avait été offerte pour son entrée à la Cour.

Cette bague, c'était la preuve qui lui manquait, mais aussi un lien avec son père, et tellement plus encore. Il aurait voulu qu'Evie dise quelque chose. Il aurait voulu effacer les dix dernières minutes. Être quelqu'un d'autre. Être l'homme dont elle avait besoin. Mais elle avait raison : affronter ses sentiments le terrifiait. Une faiblesse qu'il avait cachée derrière une salve de reproches, comme si ses propres fautes n'étaient pas cent fois pires !

Alors qu'il se décidait à parler, elle prit la bague dans sa main et continua son chemin. Elle quittait sa vie sans un mot. Et il comprit qu'il devait la laisser partir.

— Avez-vous besoin d'un moment ?

L'assistant de la reine la dévisageait avec inquiétude. Evie préférait ne pas savoir de quoi elle avait l'air. Le teint gris, les yeux gonflés, elle devait faire peur à voir ! C'était le cadet de ses soucis. Matéo ne lui avait pas seulement brisé le cœur, il l'avait anéantie. Mais elle accepta cette chance de mettre un peu d'ordre dans ses émotions. Aux toilettes, elle s'aspergea le visage d'eau froide, puis s'essuya avec une serviette.

Es-tu vraiment désespérée et prête à tout pour être aimée ?

Elle refoula les larmes qui lui montaient aux yeux. Le moment viendrait où elle pourrait les laisser couler. Mais pas tout de suite. Elle se redressa et carra les épaules. Au moins, son reflet dans le miroir était présentable. C'était déjà cela.

— Tu peux le faire, s'exhorta-t-elle. Et après, tu rentres à la maison.

À la maison. Soudain, sa vie à Londres lui paraissait tristement morose après tout ce qui s'était passé.

Un coup discret résonna à la porte. Evie s'éclaircit la gorge, scotcha un sourire sur ses lèvres et sortit. L'assistant l'attendait pour la conduire aux appartements de la reine. Elle le suivit, la bague serrée dans le creux de sa main comme si sa vie en dépendait.

Malgré ses efforts pour faire bonne figure, Evie avait l'impression que c'était quelqu'un d'autre qui s'inclinait devant la souveraine, tandis qu'elle était toujours dans l'avion à faire ses adieux à Matéo.

— Alors vous l'avez trouvée ? Vous avez vraiment trouvé Isabelle ?

— Oui, Votre Majesté, confirma-t-elle en se raccrochant au présent.

La reine semblait stupéfaite. Il y avait de quoi. Elle l'avait envoyée à Shanghai acquérir un objet à une vente aux enchères. Et elle revenait avec une histoire si abracadabrante qu'elle-même peinait à y croire.

Dans un coin du petit salon, le prince consort, Theo Tersi, préparait du thé. Sans doute à son attention, soupçonna Evie en remarquant les coups d'œil soucieux du couple royal dans sa direction.

— Je vous en prie, asseyez-vous, offrit la souveraine.

— Merci.

Elle prit place sur un élégant canapé. Un des coussins portait des marques de stylo et des livres d'enfants dans trois langues différentes s'empilaient contre l'accoudoir. Une petite fille blonde allongée par terre faisait du coloriage, les sourcils froncés par la concentration. Son père l'observait, penché au-dessus d'elle, le regard empli d'amour et de fierté. Tout ce dont elle rêvait enfant, avant de faire une croix dessus avec Carol et Alan. La complicité. La tendresse. Une vraie vie de famille.

Evie rougit. La reine avait surpris son regard envieux, avec l'air de deviner tout ce qui se cachait derrière.

— Cette quête sur les traces d'Isabelle vous a énormément coûté, dit-elle.

C'était moins une question qu'un constat.

— En effet.

— Pas seulement votre réputation...

Evie hocha la tête. Elle lui avait coûté son cœur.

— Grand-père !

La fillette se leva d'un bond et se précipita vers l'homme aux épais cheveux blancs qui venait d'entrer. Elle entoura sa taille de ses bras avec une telle adoration qu'Evie en eut la gorge nouée. Quand avait-elle accueilli ses parents adoptifs ainsi ? Jamais, pour autant qu'elle s'en souvienne.

Le père de la reine caressa gentiment les cheveux de sa petite-fille, mais son regard d'un bleu perçant se planta dans le sien.

— L'avez-vous trouvée ?

— Oui, Votre Majesté, répondit Evie. Mais l'octant a été perdu pendant le tremblement de terre. Je suis désolée.

— Je veux tout savoir.

La reine dans son fauteuil, son mari debout à son côté, sa fille sur ses genoux et son père dans le fauteuil voisin, tous écoutaient, suspendus à ses lèvres, tandis qu'elle racontait comment la princesse Isabelle était devenue la reine pirate Loriella. Elle embellit juste assez l'histoire pour capturer l'attention de la fillette qui ponctuait le récit de ses cris effarés ou enchantés. Elle lut la gratitude dans les yeux des adultes lorsqu'elle évoqua la découverte des dépouilles, et l'inquiétude quand elle narra sa fuite de la caverne avec Matéo. Puis vint le moment du sauvetage, et tout le monde applaudit.

— Je suis désolée de ne pas avoir pu sauver leur héritage, conclut-elle en s'adressant au père de la reine.

À sa surprise, il écarta ses excuses d'un geste désinvolte.

— Le trésor ne nous a jamais intéressés. Pas vrai, ma puce ? lança-t-il à sa petite-fille.

La princesse secoua vigoureusement la tête.

— Non, grand-père.

Il reporta son attention sur elle.

— Je voulais que ma petite-fille sache que quoi qu'il arrive, les femmes de Iondorra sont fortes. Ce sont des survivantes et des guerrières, qui se battent pour leur peuple et les gens qu'elles aiment, qu'elles soient princesses, reines ou pirates. Il n'y a rien que ne soient capables d'accomplir les femmes de cette famille. N'est-ce pas, Alizée ?

— Oui, grand-père, approuva la fillette.

Son sourire se changea en éclats de rire hystériques quand son grand-père se lança dans une impitoyable attaque de chatouilles, avant de la poursuivre à travers la pièce jusqu'à en être essoufflé.

La reine Sofia avait les larmes aux yeux. Son mari posa une main sur son épaule, qu'elle couvrit de la sienne. Evie comprenait son émotion. L'espace d'un instant, elle avait retrouvé son père, cet homme fier et digne qui s'était battu pour offrir à sa petite-fille un cadeau plus précieux que tout l'or du monde : le courage de croire en soi et en l'avenir. Mais c'était ce qu'il y avait entre la souveraine et son mari qui conforta

Evie dans sa propre décision. Elle voulait un homme qui soit présent et la soutienne. Un homme qui l'aime autant qu'elle l'aimait. Son cœur battait pour Matéo. Mais s'il ne pouvait ou ne voulait pas être cet homme, alors ce n'était pas de l'amour.

Penser à Matéo lui rappela l'objet qu'il lui avait donné.

— Je n'ai aucune preuve solide pour convaincre les plus sceptiques, dit-elle. Mais j'ai ceci.

Elle montra la bague au père de la reine. En le voyant la fixer d'un œil vide, elle sut qu'ils l'avaient perdu. Un sourire enfantin fendit son visage ridé.

— Un bonbon ? demanda-t-il.

Alizée s'esclaffa.

— Non, grand-père. Mais je sais où en trouver, lui confia-t-elle malicieusement.

Et elle l'entraîna hors de la pièce. Theo embrassa sa femme sur le front et leur emboîta le pas, suivi par un homme se tenant discrètement à l'écart depuis l'arrivée du vieux souverain, sans doute un infirmier.

La reine Sofia regardait la bague en secouant la tête comme si elle n'en croyait pas ses yeux.

— Je la reconnais. C'est la bague offerte à Isabelle pour son entrée à la Cour. Toutes les femmes de la famille en reçoivent une.

Elle lui adressa un sourire reconnaissant.

— Merci, murmura-t-elle. Merci de tout ce que vous avez fait pour nous.

— De rien.

Evie était heureuse d'avoir réuni plusieurs générations autour d'une histoire familiale commune. Et si la même expérience l'attendait quelque part ? Qui sait s'il n'existait pas un futur pour elle où elle serait réunie avec ses parents biologiques ?

— Mademoiselle Edwards, si vous envisagez un jour de

changer de carrière, sachez que nous serions ravis de vous accueillir à Iondorra.

Evie appréciait l'offre. Dès sa toute première visite, elle était tombée amoureuse de ce pays. Dans son esprit, il était devenu le royaume de son propre conte de fées. Mais ces derniers jours avaient été riches en bouleversements. Elle avait besoin de se recentrer sur elle-même et de réévaluer ce qu'elle attendait de la vie. Matéo se trompait. Elle n'était pas désespérée. Ce qui l'avait poussée à accepter la mission de la reine, c'était un besoin de comprendre le passé. Celui d'Isabelle, et peut-être aussi le sien.

— Merci, Votre Majesté. Mais je crois que j'ai besoin de temps pour réfléchir à la suite.

— Naturellement, dit la reine. Si vous souhaitez prendre ce temps ici, à Iondorra, une suite sera mise à votre disposition aux frais du Palais.

— C'est bien trop généreux, protesta Evie.

— Loin de là. Je suis réellement navrée de la façon dont vous avez été traitée par vos pairs et regrette que le Palais ne puisse rien faire pour y remédier. Pour l'instant.

Evie soutint le regard de la reine. Ses excuses étaient sincères et elle les accepta.

— Merci.

C'était le moins qu'elle méritait.

La voiture de Matéo, conformément à ses instructions, l'attendait sur le tarmac à son arrivée en Espagne. Il avait bloqué deux jours pour son rendez-vous avec Lei Chen. Mais cette fois, c'était son homologue chinois qui avait annulé en raison d'une urgence familiale. Matéo avait donc pris le volant pour se changer les idées. Il roulait depuis trois heures au hasard quand il avait compris quelle direction il suivait inconsciemment.

Une part de lui redoutait cette étape. Il se sentait frustré et agité. Son esprit ne connaissait plus le repos depuis qu'Evie avait débarqué à Iondorra. Non, avant cela. Depuis qu'il l'avait rencontrée. Une heure plus tard, mécaniquement pour l'avoir fait des milliers de fois auparavant, il prenait la sortie d'autoroute vers Almería.

Sa mère se tenait sur le perron lorsqu'il se gara devant sa villa. Avait-elle pressenti sa venue ? Il ne fallait jamais sous-estimer la force de l'instinct maternel. Elle lui ouvrit grand les bras. Et après une courte lutte avec lui-même, il se laissa étreindre comme un enfant, submergé par un trop-plein d'émotions.

Elle l'entraîna à la cuisine où elle lui prépara un café, ainsi qu'un sandwich qu'il n'avait pas demandé. Elle ne voulut rien entendre tant qu'il aurait le ventre vide. Contre toute attente, il engloutit le sandwich en quelques secondes jusqu'à la dernière miette.

— Maintenant, je t'écoute. Raconte-moi tout.

Matéo ne savait pas par où commencer. Il y avait certaines choses qu'il aurait préféré passer sous silence, comme les propos cruels qu'il avait eus. Il avait honte en y repensant. Mais sa mère méritait de tout savoir. Y compris que les théories de son mari n'avaient pas été qu'une chimère, mais bien la vérité.

Il se lança dans le récit de son expédition, en supportant les réprimandes et les tapes sur la tête de sa mère qui l'avait « mieux élevé que ça ». Elle eut un sourire mélancolique lorsqu'il eut terminé.

— Ton père aurait été heureux, murmura-t-elle. Que ce soit vous deux qui ayez trouvé la preuve.

— Mais le reste du monde ne saura jamais.

— Peu importe. C'était toi qui comptais pour lui, Matéo.

Je sais qu'il n'a pas toujours su le montrer. Il ne s'entendait pas avec ses propres parents et en a énormément souffert. La blessure n'a jamais cicatrisé. Mais il t'aimait. Que toi tu saches qu'il avait raison lui aurait suffi.

Les mots de sa mère surpris des années plus tôt lui revinrent. Il ne pouvait plus les ignorer. Il devait savoir.

— *Mamá*, pourquoi l'as-tu quitté ? Je t'ai entendue dire que c'était pour moi.

— Oh ! Matéo...

Elle secoua la tête.

— J'ai honte que tu m'aies entendue. Je suis désolée. Non, ce n'était pas à cause de toi.

Son expression s'empreignit de tristesse.

— Je suis partie car, même si je l'aimais, je n'arrivais plus à vivre avec son absence. Elle me rongeait. J'avais l'impression qu'une part de moi s'effaçait et que c'était pareil pour toi. Alors non, tu n'y es pour rien. Mais me dire que je quittais mon mari pour le bien de mon fils m'aidait à moins culpabiliser de briser ma famille. J'ignorais que tu m'avais entendue. Je suis tellement désolée.

La pression dans la poitrine de Matéo s'atténua. Mais elle restait là. Les émotions qu'il gardait enfermées à double tour depuis vingt ans cognaient furieusement contre les murs de leur prison. Il baissa la tête, incapable de regarder sa mère en face.

— Suis-je comme lui ?

Ses entrailles se nouèrent. Sa mère prit ses mains entre les siennes et l'obligea à la regarder. L'amour brillant dans ses yeux était une leçon d'humilité.

— Tu es le meilleur de moi et le meilleur de lui, *mi corazón*, affirma-t-elle avec une sincérité qui ne faisait aucun doute.

— Mais il nous a laissés partir, murmura-t-il.

— C'est vrai. Je crois qu'il était dépassé. Il ne savait pas comment réparer notre relation.

— J'ai tout fait pour que les choses s'arrangent et que tu retrouves le sourire...

— Je sais, *mi hijo*. J'ai été faible. Cette responsabilité n'aurait jamais dû t'incomber. Ce n'était pas à toi de veiller sur moi, mais à nous de te protéger. Nous n'avons pas été de très bons parents.

Matéo voulut protester, mais elle ne lui en laissa pas le temps.

— Ton père et moi avons toujours été si fiers de toi et de ce que tu as accompli. Il t'aimait plus que tout.

— Mais je ne lui adressais plus la parole à sa mort, rappela Matéo, submergé de honte.

— Ça ne change rien. Il t'aimait, c'est tout. C'est aussi simple que ça. Il ne t'a jamais rien reproché.

— Comment le sais-tu ?

— Parce que nous nous parlions, répondit sa mère en souriant. Chaque année, à ton anniversaire. C'est grâce à toi que nous nous retrouvions.

Entendre cela fut un électrochoc. Tout ce temps perdu qu'il ne rattraperait jamais. Toutes ces opportunités gâchées à cause de son orgueil et de son entêtement. Mais surtout parce qu'il avait peur.

— Je ne veux pas répéter les mêmes erreurs que lui, admit-il.

— Tant mieux, décréta sa mère. Des erreurs, ton père et moi en avons commis tous les deux. Tires-en les bonnes leçons. Nous avons pris la fuite sans comprendre que nous ne réglerions rien, seuls chacun de notre côté. Mais ensemble...

Les mots planèrent dans l'air, chargés de possibilités. Ils lui insufflèrent un regain d'énergie. Soudain, il se sentait galvanisé et plein d'optimisme.

Du plan de travail où elle faisait couler un nouveau café, sa mère se tourna vers lui.

— Ça va te paraître étrange, *mi amor*, mais j'aimerais remercier la personne qui m'a ramené mon fils.

Matéo sourit.

— Moi aussi, *mamá*. Moi aussi.

12

— Merci, mademoiselle Edwards.

— Ce fut un plaisir. Et c'est professeure Edwards.

Evie sourit en regardant ses derniers étudiants quitter la salle de conférences n°4. Elle parcourut des yeux la petite pièce mal éclairée. Qui serait le prochain malchanceux à hériter de ce placard ? D'après les rumeurs, le département des lettres n'était plus en odeur de sainteté auprès de la direction. Peut-être serait-ce leur tour. Quant à ses étudiants, ils allaient être transférés au professeur Baldick, un enseignant un brin excentrique, mais excellent pédagogue.

Carol et Alan avaient étonnamment bien pris la nouvelle de sa démission. Que leur fille adoptive occupe un simple poste de professeure à l'université de Londres ne les avait jamais satisfaits. Tout autre projet d'avenir était un progrès dans le bon sens, à leurs yeux. Quant à leur relation, elle resterait la même, supposait Evie. Carol et Alan n'accordaient aucune importance sentimentale aux anniversaires et fêtes de fin d'année. Elle continuerait donc à leur rendre visite tous les quelques mois, comme avant. Libre d'aller et venir à sa guise.

Beaucoup de choses avaient changé, ces quatre dernières semaines. Elle avait pris des décisions qu'elle n'aurait imaginé prendre, avant que la reine Sofia ne chamboule sa vie en sollicitant son aide. Ce qu'elle avait vécu, elle n'aurait même pas osé en rêver. Un sourire incurva ses lèvres au souvenir de ses aventures avec Matéo.

Matéo...

Leurs adieux l'avaient dévastée. Rejetée une fois de plus, elle s'était posé beaucoup de questions sur elle-même. Après s'être persuadée qu'il y avait plus entre eux qu'il n'était prêt à l'admettre, elle avait dû faire le deuil de cet espoir tenace. Mais elle avait réussi. Elle avait remonté la pente. À quelque chose, malheur était bon. Ses critiques l'avaient forcée à affronter certaines vérités difficiles.

C'était vrai : elle avait secondé le professeur Marin au détriment de sa réputation et accepté la requête de la reine Sofia sans réfléchir aux conséquences pour elle-même. Ses actions dénotaient une tendance inquiétante à faire passer les autres avant elle. Cela ne pouvait plus durer. Désormais, elle se concentrerait sur ses propres besoins. Ses peurs la freinaient depuis trop longtemps. Comme avec ses parents biologiques. Elle n'avait pas osé les retrouver par crainte d'une nouvelle désillusion. Mais Matéo lui avait montré la reine pirate qui sommeillait en elle, capable de tout surmonter. Rien ne lui enlèverait cela. Même s'il avait fait le choix de tourner le dos à ce qu'ils avaient partagé et ce qu'ils auraient pu avoir.

Elle avait donc commencé à se pencher sur ses papiers d'adoption et envisageait même un test ADN pour chercher d'éventuels autres membres de sa famille. Cette démarche demandait du temps. Evie ne voulait pas se précipiter. Sa séparation avec Matéo lui avait peut-être coûté son cœur. Mais elle y avait puisé le courage de changer de vie, et c'était ce qui l'avait conduite à sa décision de quitter l'université de Londres.

Elle promena un regard nostalgique sur la salle silencieuse. Cet endroit avait été son sanctuaire, ces deux dernières années. Elle s'y sentait en sécurité. Mais la sécurité n'était pas tout. Le moment était venu de sortir de sa zone de confort. Faire des vagues. Libérer la pirate en elle. De retour à Londres après son passage par Iondorra, elle avait ressenti un énorme vide dans cette vie qui la satisfaisait jusque-là. Sans hésiter, elle avait donné son préavis de démission et profitait maintenant de ses économies pour réfléchir à la suite. Notamment à une proposition très intéressante d'une amie de la reine Sofia. Elle travaillait également au livre qu'elle publierait un jour, quand le Palais de Iondorra lui en donnerait l'autorisation. Evie n'était pas pressée. Elle ne courait ni après la fortune, ni après la célébrité. Elle voulait seulement que le monde entier connaisse l'extraordinaire histoire de la princesse Isabelle.

Elle avait aussi rendu les clés de son appartement. Toutes ses affaires étaient stockées dans un garde-meuble, tandis qu'elle logeait à l'hôtel en attendant de s'envoler pour Iondorra. Si elle avait cru échapper au fantôme de Matéo qui la hantait, elle se trompait. Elle le voyait partout chez elle : dans le salon, dans la cuisine, dans chaque ombre fugitive qu'elle croyait surprendre en entrant dans une pièce. Mais quitter son appartement n'avait rien changé. Elle continuait à le voir dans les couloirs de l'hôtel ou même dans la rue. Bien sûr, dans son cœur, elle savait qu'il n'était pas vraiment là.

Evie ferma son attaché-case et se tourna vers la porte. Une fois de plus, son imagination lui jouait des tours. Dans l'embrasure, à contre-jour, se découpait la haute silhouette de Matéo.

Elle ferma les yeux et inspira profondément. Mais lorsqu'elle les rouvrit, Matéo s'avançait vers elle d'un pas nonchalant. Elle le dévora du regard. C'était plus fort qu'elle. Son col était déboutonné – par paresse ou frustration ? Sa veste, ouverte sur un gilet de costume épousant son torse athlétique. Il était plus sexy que jamais. Elle aurait voulu plonger les doigts dans ses boucles noires. Poser une main sur son cœur et le sentir battre sous sa paume, aussi fort que le sien...

Ça suffit !

Elle se réprimanda sévèrement. Elle n'était plus la femme faible qu'il avait quittée. Dire qu'elle avait failli le supplier de l'aimer ! Non, plus jamais. Son état d'esprit devait se sentir car il s'immobilisa. Elle ignora le kaléidoscope d'émotions dans ses yeux d'ébène. Elle se l'était promis, alors elle tiendrait bon.

Matéo ne se lassait pas de la regarder. Quatre semaines. Cela faisait quatre semaines qu'il attendait ce moment.

Il avait eu peur de laisser filer sa chance. Peut-être était-ce une erreur de ne pas aller la retrouver tout de suite ? Mais il avait eu besoin de temps pour faire le tri dans sa tête. Il avait donc pris un congé sabbatique. Convaincre le conseil et son directeur financier n'avait pas été une mince affaire. Non, ce n'était pas définitif. Il ne partait que pour six mois. Heureusement, il avait pu compter sur le soutien d'Henri, qui se réjouissait de le voir enfin redéfinir ses priorités.

Matéo avait bâti sa réussite à la sueur de son front. D'autres auraient levé le pied après le lancement en bourse de leur société. Mais pas lui. En parallèle, il s'était réfugié dans des aventures sans lendemain, sans incidence sur le contrôle de fer qu'il exerçait sur ses sentiments. Un contrôle qu'il s'imposait pour ne pas avoir à endosser la responsabilité du bonheur de quelqu'un d'autre, persuadé à tort de devoir compenser pour les erreurs de son père.

Evie avait raison. Il s'était comporté exactement comme lui. Il avait fui dans le travail, trop lâche pour affronter ses démons. Il avait fini par le comprendre : tout ce temps, il s'était menti à lui-même, en refusant de regarder en face combien il avait souffert du divorce de ses parents. Il avait mis en place des mécanismes de défenses qui n'avaient réussi qu'à lui faire répéter les mêmes erreurs. Aujourd'hui, il voulait plus que cela. Plus qu'une vie stérile uniquement consacrée au travail. Et ce qu'il voulait se tenait juste devant lui.

— Tu m'as manqué, dit-il avec sincérité.

Un espoir fugace traversa les yeux de la jeune femme, disparu aussi vite qu'il était venu. Il lui caressa la joue. D'abord, elle se raidit, puis finit par se laisser aller. Pour lui, c'était une évidence : sa place était auprès d'elle. Il espérait qu'elle ressente la même chose. Elle tourna la tête, de sorte que ses lèvres effleurèrent sa paume. Mais ce n'était pas un baiser. Plus une façon de se cacher. Cette méfiance lui porta un coup. Il lui releva doucement le menton.

— Comment ai-je pu me tromper à ce point ? murmura-t-il.

Ses yeux brun-vert luisaient de larmes. Voir le mal qu'il lui avait fait était sa punition. Il l'avait méritée.

— Je suis désolé, Evie.

Une larme roula sur sa joue. Il l'essuya du pouce. Il devait trouver les mots justes. Lui faire comprendre tout ce qu'elle lui avait apporté et combien il la chérissait.

— Il y a tant de choses que j'aimerais te dire… Mais avant tout, je te demande pardon. Ce que je t'ai dit dans l'avion était inacceptable. Je me suis défoulé contre toi parce que j'étais en colère. Par peur et par lâcheté, j'ai minimisé ce qu'il y avait entre nous. Pas seulement la nuit que nous avions passée ensemble, mais aussi ce que nous étions en train de devenir l'un pour l'autre. Si tu savais à quel point je le regrette ! Pour couronner le tout, j'ai insulté ta relation avec mon père et ton lien avec Iondorra. Je n'avais aucun droit de faire cela. C'était insensible et stupide de ma part.

Les mots se pressaient sur ses lèvres, avides d'être entendus.

— Tu étais un cadeau du ciel pour mon père. Je le sais même si on ne se parlait plus, car tu le soutenais et le respectais là où j'en étais incapable. Tu étais sa famille autant que moi. Quelle qu'ait été ma relation avec lui, ça ne change rien à celle que vous deux partagiez. Tu comptais beaucoup pour lui. Tu le sais, n'est-ce pas ? S'il te plaît, implora-t-il, dis-moi que tu le sais.

Elle hocha la tête, sa joue humide de larmes contre sa paume.

— Tu avais raison, continua-t-il. Je suis devenu comme lui. J'ai fait de mon travail ma vie entière pour ne pas affronter mes sentiments.

Elle fit mine de protester, mais il posa un pouce sur ses lèvres.

— Quand j'ai pris conscience de tout ça, mon premier réflexe a été de te retrouver et de tout t'expliquer. Mais j'avais besoin de temps. J'ai discuté avec ma mère. Nous avons enfin pu parler de mon père et de leur séparation. Pendant longtemps, j'en ai endossé la responsabilité. Et j'aurais continué à le faire si tu ne m'avais pas montré tout ce que je manquais. Je regrette d'avoir coupé les ponts avec mon père jusqu'à sa mort. À ta façon, Evie, tu nous as réconciliés. Tu as réparé quelque chose que je croyais brisé pour de bon. Notre relation n'était pas parfaite et j'aurais préféré que certaines choses soient différentes. Mais grâce à toi je suis enfin en paix.

L'expression d'Evie s'adoucit. Elle pressa un baiser sur son pouce. Il n'en fallut pas plus pour lui donner le courage d'ouvrir son cœur :

— Je t'aime, Evie. Quoi qu'il arrive, ça ne changera pas. Il n'y aura jamais personne d'autre que toi. C'est avec toi que je veux passer le reste de ma vie.

De nouveau, elle ouvrit la bouche pour parler. Et de nouveau, il l'en empêcha.

— Je t'ai réduite à me supplier et je te demande pardon. Si tu m'accordes une autre chance, je te promets de me rattraper chaque jour pour le mal que je t'ai fait. Tu es toute ma vie, Evie. J'aime tout chez toi. J'aime ta concentration quand tu fais une découverte ou dois régler un problème, comme si plus rien d'autre n'existait. J'aime ton honnêteté. Quand tu dis quelque chose, tu le penses. Tu vois le monde différemment et m'as montré ce à côté de quoi je passais. Je sais que tu vas avoir besoin de temps pour y réfléchir. J'attendrai. Aussi longtemps qu'il le faudra, alors...

Evie le fit taire d'un baiser fougueux. Elle était si heureuse ! Ses mots soulevaient en elle un tourbillon d'émotions. Matéo la comprenait. Il la voyait telle qu'elle était. Et il l'aimait. Alors que leurs langues dansaient une langoureuse sarabande, elle l'attira contre elle. Elle ne rompit leur baiser que parce qu'elle avait des choses à lui dire. Ils pourraient toujours reprendre plus tard.

— Moi aussi, je suis désolée, murmura-t-elle, cherchant dans ses yeux le soutien dont elle avait tant besoin. Je me sentais rejetée et m'en suis prise à toi à cause de ça. Je n'aurais pas dû dire ce que je t'ai dit.

— Mais tu avais raison et moi tort, fit-il valoir.

— Pas sur tout.

Elle esquissa un timide sourire.

— C'est vrai que j'aurais pu mieux me défendre, parfois. Mais on n'a pas profité de moi. Là, je ne suis pas d'accord, insista-t-elle avec sévérité. Même si j'aurais dû me montrer plus ferme, par moments. J'ai été rejetée tant de fois, par tant de gens... Ça m'a rendue timorée, et je n'en suis pas fière. Mais toi, tu as vu la force qu'il y avait en moi.

— Et je t'en ai fait douter, dit Matéo. Je suis désolé.

Elle secoua la tête.

— Au contraire. Tu m'as montré que j'étais assez forte pour surmonter l'adversité. Tu m'as aussi donné le courage d'affronter mes peurs. J'ai commencé à chercher mes parents biologiques, lui confia-t-elle.

La fierté dans les yeux de Matéo la toucha droit au cœur.

— J'ignore ce qui m'attend, ou même si je vais les retrouver...

— Je suis sûr que si, affirma-t-il. Et quand ce moment arrivera, si tu le souhaites, je serai à tes côtés.

Une joie indicible lui gonfla la poitrine.

— Tu ferais ça ?

— Bien sûr, si tu veux de moi. Evie...

Il plongea les yeux dans les siens, comme s'il y cherchait un signe. Puis sans crier gare, il posa un genou en terre, un écrin à la main.

— Evelyn Edwards, tu es mon univers. Mon étoile polaire. Ma reine pirate. Me feras-tu l'honneur de compléter ma vie et mon cœur ?

Ses yeux brillaient d'un amour profond et sincère. Evie en avait des frissons. Lorsqu'il ouvrit l'écrin, l'émotion la cloua sur place. Sur le coussin de velours miroitait un anneau en or, serti d'un rubis entouré de perles.

La bague d'Isabelle.

— Comment as-tu...

— J'ai pour ordre strict de vous remettre cette bague, madame. Que vous accédiez à ma requête ou non.

— Que j'accède à votre requête ? répéta Evie en retenant un rire.

— J'essayais d'être dans le ton, se justifia-t-il avec un sourire malicieux.

Evie tendit une main tremblante, et il glissa la bague à son annulaire.

— Elle te va à la perfection.

Sans doute se remémorait-il, comme elle, les nombreuses péripéties qui les avaient conduits à cet instant.

Il se leva et l'entoura de ses bras, en lui répétant qu'il l'aimait entre deux baisers passionnés. Jusqu'à ce que le concierge les interrompe et qu'ils se décident à rentrer.

— On dirait que je vais devoir chercher un appartement à Londres, commenta Matéo.

— Pas forcément, le détrompa Evie en rassemblant ses affaires. Je quitte l'université.

La stupeur se peignit sur ses traits.

— Tu as démissionné ? Félicitations ! C'est une excellente nouvelle, s'exclama-t-il avec un mélange de fierté et de ce qui ressemblait à du soulagement.

— Vraiment ? demanda-t-elle, étonnée de sa réaction.

— Tu mérites mieux qu'un poste d'enseignante dans la pire salle jamais inventée.

— Je ne crois pas qu'ils aient « inventé » cette salle...

— Tu m'as compris, dit-il en riant. As-tu déjà trouvé autre chose ? Sache qu'où que tu ailles, je te suivrai.

— Et ton travail ?

— J'ai pris un congé sabbatique de six mois. J'ai beaucoup donné pour ma société. Maintenant, j'ai envie de faire une pause.

— Et regarder les étoiles ? le taquina-t-elle.

— C'est toi, mon étoile. Jamais je ne perdrai de vue ce que tu signifies pour moi.

Ce serment, il le lui répéterait deux ans plus tard devant l'autel. Mais en cet instant, Evie gardait ces mots rien que pour elle dans son cœur.

Matéo prit son attaché-case et lui offrit son bras. Ensemble, ils quittèrent la salle n°4.

— Alors, où allons-nous ? demanda-t-il dans le couloir.

Evie le gratifia d'un sourire énigmatique.

— Si tu tiens vraiment à me suivre, tu vas devoir signer un accord de confidentialité.

La surprise de Matéo la fit sourire.

— Une autre famille royale qui a besoin de ton expertise ?

— Exactement, confirma-t-elle, ravie de l'enthousiasme qu'elle sentait dans sa voix.

— Ça alors ! Comment est-ce arrivé ?

— Une amie de la reine Sofia lui a demandé conseil, et elle lui a transmis mes coordonnées.

— Une vraie chasseuse de trésor professionnelle, plaisanta Matéo.

Elle lui donna une tape sur le bras.

— Professeure d'archéologie, s'il te plaît, corrigea-t-elle d'un ton faussement outré.

Il sourit et se pencha à son oreille :

— Je veux partir à l'aventure avec toi, lui souffla-t-il.

Le cœur d'Evie se gonfla d'amour.

— Ça tombe bien. Nous nous apprêtons à vivre la plus belle des aventures...

Leur vie commune. Il le comprit sans qu'elle ait besoin de l'expliciter.

Une lueur coquine s'alluma dans ses yeux de jais.

— Garde ton attaché-case. Ça te donne un côté professeure sexy. Tu savais que j'étais le pire des étudiants à la fac ?

Evie partit d'un grand rire qui ricocha entre les murs de l'université. C'était tout ce qu'elle laissait en partant, heureuse et sans regret.

Épilogue

Evie flottait sur un nuage. Les applaudissements ne tarissaient pas tandis qu'elle contemplait l'assemblée du haut de son estrade dans l'arrière-salle d'Olland, la librairie la plus réputée de Iondorra, célèbre dans le monde entier. Un lieu familier et chaleureux, qui respirait l'histoire avec ses rayonnages anciens en acajou. Evie n'aurait pu rêver meilleur décor pour une lecture tirée de son livre, *La Reine pirate*.

Son écriture lui avait pris cinq ans. Une entreprise aux allures de tâche sans fin parfois, qui lui avait apporté son lot de défis, de frustrations et de questionnements, mais aussi une joie sans égale. Elle avait travaillé en étroite collaboration avec le Palais de Iondorra afin que les informations présentées dans l'ouvrage soient représentatives de la famille royale, sans pour autant la compromettre. L'autorisation de publication lui avait été accordée deux ans après le décès du père de la reine.

Dans le fond, un assistant du Palais filmait discrètement l'événement. Evie lui adressa un sourire. Sofia était devenue une véritable amie, ces dernières années. C'était justement pour cette raison qu'elle était absente. Sa présence aurait monopolisé l'attention, privant Evie de la reconnaissance qu'elle et le professeur Marin, estimait-elle, méritaient plus que quiconque pour leur travail exceptionnel.

Ses yeux cherchèrent parmi la foule un visage en particulier.

Il ne fut pas difficile à trouver. Matéo, son mari, amant, partenaire et ami, l'acclamait plus fort que les autres, une main en porte-voix autour de sa bouche, l'autre serrant celle de leur fille de trois ans. Les cris surexcités d'Isabelle perçaient le tonnerre d'applaudissements, car une mère n'entendait-elle pas toujours, d'où qu'elle vienne, la voix de son enfant ? Ou son éclat de rire quand son père la chatouillait par surprise. La scène lui fit monter les larmes aux yeux. Des larmes de gratitude. Tout ce dont elle avait besoin était là, dans cette pièce, et faisait d'elle la plus heureuse des femmes.

Carol et Alan lui avaient adressé leurs félicitations dans une carte accompagnant un magnifique bouquet de fleurs. Une part d'elle regretterait toujours qu'ils ne soient pas capables de plus. Mais elle comprenait aujourd'hui qu'il n'y avait aucune méchanceté dans leur distance affective. Ils étaient ainsi, c'était tout. L'accepter l'avait apaisée après des années à souffrir de ce qu'elle ressentait secrètement comme une forme de rejet.

Un petit coup de pied la fit tressaillir. Elle posa une main sur son ventre arrondi. Le bébé semblait vouloir fêter sa réussite, lui aussi. Matéo dut surprendre son geste car son regard brilla de fierté. Comme toujours, ses émotions reflétaient les siennes. Ils vivaient en parfaite harmonie, liés par un amour et un soutien mutuel indéfectibles. C'était ce qui l'avait sauvée. Avant de rencontrer Matéo, elle gardait ses blessures enfouies en elle. L'amour de Matéo les avait guéries. Un amour qu'ils partageaient aujourd'hui avec leur fille et leur futur enfant. Quel plus grand bonheur aurait-elle pu espérer ?

Son regard glissa vers la table sur le côté, où trônait un autre bouquet de fleurs. Avant le début de la lecture, durant ces dernières minutes de calme avant la montée du trac tandis que les gens s'installaient dans la salle, elle avait lu la carte jointe :

Ma chérie,

Nous sommes si fiers de toi. Le monde entier mérite de savoir quelle personne remarquable tu es. Nos pensées t'accompagnent, même si nous aurions préféré être là.

Nous t'embrassons très fort,

Ellis & Edward

Elle avait pressé la carte contre ses lèvres, envahie d'une profonde sensation de plénitude. Rencontrer ses parents biologiques avait été l'expérience la plus bouleversante qu'elle ait jamais vécue. Mais elle n'était pas seule. Matéo était auprès d'elle.

Evie avait effectué un test ADN quelques mois avant qu'elle et Matéo ne s'unissent lors d'une magnifique cérémonie en Espagne. Mais ni cela, ni son dossier d'adoption ne leur avaient apporté la moindre information. En désespoir de cause, ils avaient engagé un détective privé spécialisé dans les recherches familiales et généalogiques. Une enquête acharnée de dix-huit mois, ponctuée de hauts et de bas, les avait finalement conduits à Ellis et Edward. Ses parents biologiques étaient si jeunes quand Ellis était tombée enceinte… À peine seize ans. La décision avait été un crève-cœur. Mais ils avaient préféré offrir à leur enfant la chance de grandir auprès de parents financièrement capables de subvenir à ses besoins.

Evie s'était attendue à éprouver du ressentiment. De la colère, peut-être, pour tout ce qu'elle avait manqué avec eux. Mais non. Rien de tout cela. Ses parents étaient restés ensemble, unis dans le souvenir de leur enfant. Ellis était devenue chirurgienne. Edward avait fait carrière dans les nouvelles technologies. Tous deux avaient travaillé très dur pour que leur sacrifice n'ait pas été vain. Puis Ellis était tombée enceinte du frère d'Evie, à peu près au moment où Evie avait appris qu'elle attendait

Izzy. Leurs grossesses simultanées les avaient rapprochées. Pourquoi leur garder rancune alors qu'ils avaient désormais tant à partager ? Ensemble, ils avaient réconcilié passé et présent, ce dont Evie se réjouissait chaque jour.

Elle descendit de l'estrade afin de retrouver Matéo. Plusieurs personnes l'arrêtèrent en chemin, certains pour la féliciter, l'une d'elles pour lui demander si elle avait de nouveaux projets de livres. Son regard croisa celui de Matéo. Lui aussi avait entendu la question. Un sourire passa entre eux. Ils avaient vécu d'autres aventures depuis leur voyage en Indonésie. Ce n'étaient pas les histoires qui manquaient à raconter. Mais ce serait pour plus tard.

Dans l'immédiat, elle avait juste envie de profiter de sa famille en attendant la naissance de la petite sœur d'Izzy. La mère de Matéo avait été aux anges en apprenant qu'il s'agissait d'une autre fille. Matéo, lui, avait levé les yeux au ciel en déplorant son infériorité numérique. Il n'en pensait pas un mot, bien sûr. Il vénérait ses princesses, comme il les appelait. Henri n'était pas en reste et faisait quasiment partie de la famille.

Le courant était tout de suite passé entre lui et Evie. Elle appréciait sa bonne humeur contagieuse. Il faisait rire Matéo et savait toujours le dérider. Le côté ombrageux de son mari s'était estompé ces dernières années. Sa volonté d'acier ne l'avait pas quitté pour autant, et Evie devait parfois lui rappeler de prendre des vacances. Mais à eux deux, ils avaient trouvé l'équilibre parfait.

Et tout cela, ils le devaient à la reine pirate.